おんなのこ
は
もりのなか

藤田貴大

おんなのこはもりのなか

女子にまつわることで、悶々とする。

はじめまして、演劇作家の藤田貴大です。

日々、女子への興味が尽きないわけで、なので書き始めたこの文章たちですが、綴《つづ》っても綴っても。おんなのこはもりのなか、ふかくふかくへ。ぼくを誘い、彷徨《さまよ》わせるだけでした。それは、いままでだってずっとそうだったように、きっとこれからも追いかけても追いつかない。とおくへ。いつのまにか、ぼくを見知らぬ場所まで連れて行ってくれる。それが、女子なので。ぼくなりの認識、常識などはいとも簡単にひょうひょうと覆す。それが、女子なので。ぼくなんていうニンゲンの許容なんてものは知ったこっちゃなくて。お前なんか鼻くそくらいちっぽけで、いまだになんにも、1ミリだって、見られちゃいないよ、よく聴いて、よく見てくれよ。と、いつも女子はぼくになにかを訴えかけているようなのです。振り回されること自体が、気持ちがいいのはなぜだろう。振り回されて、豊かな気持ちになるのはなぜだろう。こうだとおもっていたことが、女子のあるたったひとつのなにかによって歪《ゆが》んだりするのはなぜだろう。すべてそれが爽快なのは、なぜだろう。

なにを書いても、かえって突き放されるだけだろうけれど。そんなことはわかっているけれど。でもやっぱり女子への興味は尽きなくて。永遠に、尽きなくてしょうがなくて。止まらない、止めどない、この感情、この興味をどうしよう。これはぼくが男性だからなのか？　いや、そうだからだけじゃない。もうぼくは女子になりたいのか？　いや、そういうわけでもない。では、なんでだろう？　どうしてこうも、女子にまつわることで、日々、悶々とするのだろうか。

「なにか書きませんか、女子のことなんてどうでしょう」と、声をかけてくださったのが『アンアン』編集部だった。あの『アンアン』が、だ。タイミングといい、求められている内容といい、ほんとうに素晴らしい。だけれど「女子のからだや仕草など、マニアックなところにスポットを当ててですね、毎週書いてみましょうよ……」。『アンアン』はいったい、なにを言っているのだろうな……とおもいつつ。町ですれちがったただけのあのひとのことも、いつだか好きだったあのひとのことも。書いてしまおう、と始めたのが、おんなのこはもりのなか。女子に耳を澄ましながら、目を凝らしながら。ふかい森を行くようなかんじで、書いてみた。

CHAPTER 1　からだ

CHAPTER 2

きおく

におい

CHAPTER 3

からだ

CHAPTER 1

うでの毛、さわさわ。

うでの毛がほかの女子よりも比較的、濃い女子がいた。ぼくはそのころ、13歳だった。うでの毛が印象的な彼女と、窓側の席で隣り合わせだった時期。季節はちょうど秋くらいで、窓から吹きこむ風で彼女のうでの毛がさわさわとなびくのを、ぼくはジッと見つめていた。体育祭の準備をしているあわただしいグラウンドからは、にぎやかな音。教室にいても聞こえてくるくらいだから、それは学校全体を振動させているのだろう。英語の教師が黒板にチョークを、しゅるしゅると滑らすのを。彼女は熱心に目を離さずに、そして同時にシャープペンシルをノートに走らせていた。産毛とは言えない存在感のうでの毛を、かきわけていくと透きとおった色白の肌に辿《たど》りつくはずだ。ぼくは黒板になんか、目もくれずに。彼女のもりのなかに迷いこむ。

13歳のぼくはついこないだ、うっすら生えてきた「ひげ」と呼ばれる毛を剃った。はじめて自分で自分の鼻のしたに、剃刀《かみそり》をあてたのだ。その剃刀をぼくに買い与えてくれたのは母親だった。母親はぼくにこう言った。「わたしのおかあさんは、つまりあなたのおばあちゃんは、なかなか剃刀というものを買ってくれなかったの、だからなかなか毛の処理ができなくって、学校で男子にバカにされて。嫌な思いをしたことがあったのよね」。彼女のうでの毛がどうやらとても愛おしいのかもしれない。彼女のお母さんも剃刀を買ってくれないひとなのか。それとも、彼女の自意識はまだうでの毛を処理するまでに至っていないのか。目を凝らしていると、いつのまにか彼女のうでの毛のなかにいる。夏が終わって、秋の風。さわさわとなびく自分よりも背のたかい草のなか。視界を遮られながらも、ぼくはどこも目指さずに彷徨っていた。しかし体育祭が終わったあたりだった。ある日、そんな彼女のうでの毛はきれいさっぱり無くなっていた。つまり、剃《そ》られていた。いや、彼女がきっと自分で剃ったのだ。ぼくは唖然としてしまった。牧草が刈りとられたあとの、あっけらかんとした広野のなかで、ただただ佇《たたず》んでいるようだった。

彼女との時間の終わりを、うでの毛の喪失によって伝えられたような気がした。でも、それはそれでよかったのだ。彼女のことをおもうと。

はえぎわんだーらんど。

女子の生え際を見つめてしまうのだけは、やめられない。どこにいたって、そう。電車のなかや、街を歩いていても、女子の生え際ばかりが目に飛びこんでくる。初対面の女子のまずはどこを見るか、という問いにも迷わずに答えることができる。生え際だ。たとえ、額が前髪で隠れていても想像のなかであっさりと、かきわけて。あるいは、透視して。生え際に辿りつく。生え際には多くの物語が詰まっているようにおもうのだ。そして、その物語に何度、涙ぐんだことか。そう、生え際はまさに不思議の国である。もちろん、整った生え際も素晴らしいが、歪《いびつ》なやつにも奥ゆかしさを感じざるを得ない。無条件に泣けてしまう。

「ポニーテール・ハゲ」と、勝手に名付けた生え際がある。それはこめかみあたりの生え際が若干、薄くなっている生え際のことを指す。みなさんも、ぜったいにご覧になったことがあるだろう。ポニーテールをつくるために、ぎゅっとうしろで髪を引っ張る。毎朝、引っ張っているのであろうから、だからその日々の積み重ねによってちょっとずつ薄くなってしまった、あれ。クラシックバレエを幼少期から習っているひとはなりがちだとおもうし、そんな洒落たかんじじゃなくても。たとえば、学校に行くまえの忙しい時間。ねむたくて倦怠な顔をしている女子。目なんか擦《こす》りながら食パンを頬張っているところを、母親がぎゅぎゅっと髪を一本に束ねる。ヘアゴムは蛍光イエローだ。そんなありきたりないつだかの朝の風景に（しかしその風景をぼくは実際には見たことがない）、「ポニーテール・ハゲ」を見つめていると遡ってしまう。生え際が物語ることを想い、そのひとの記憶に潜り込んでしまう。

ある朝、電車のなかでなんの変哲もない親子を見かけた。母親は、小学校低学年くらいの娘の髪を一本に束ね直していた。娘の生え際は、見事な「ポニーテール・ハゲ」だ。彼女はねむたげに、駄々をこねるような表情で涙ぐんでいたが、学校の最寄りの駅に着いたのであろう、母親よりも先に電車を降りていった。自分の背中よりもおおきいようなランドセルを背負っている。母親は娘の姿が見えなくなるまで、ちいさく手を振っていた。

その前髪は誰の指図でもない。

　ぼくは演劇作家なのだけれど、ぼくの作品に出演するのはほとんどが女子だ。理由は明確である。ぼくが四六時中、女子のことばかりかんがえているからである。逆に言うと（いや、あえて逆にして言うことでもないのだけれど）、日々のどの時間も男子のことをかんがえることに割いたことなんてない。だからぼくの作品に出演する男優は前提として、興味がないから人間扱いされない。そしてぼくのそういう扱いを許容できる男優しかぼくのもとに残らないし、いらない。とにかく女子のことばかりをかんがえすぎていて、頭が腐っているのだ。

　いつまでも難解な女子の思考に絡まっていたい。出演する女優を選定する基準も、飽きることなくずっと観察していられるかどうか。やっぱりこれに尽きる。何時間でも。いや、何週間でも何ヶ月でも観察していられるかどうか。女子なら誰でもいいってわけではない。厳正な線引きが、言葉にならないレベルであるのです。

そのうえで、解いておきたい誤解がある。ぼくは黒髪で前髪を短めに揃えて切っている女子が好きなんじゃないか、というイメージが世間に、あるらしい。前髪切っておけば、オーディションで受かるんじゃないの？　みたいな声もあるみたいだ。それは断じてちがう。たしかにぼくの作品に出演する女優のおおくは黒髪で前髪を揃えて切ってある。しかし、それらはぼくの指図ではない。と、声を大にして言っておきたい。彼女らが勝手に短めに前髪を切っているだけなのであって、ぼく自身といえば、ありとあらゆる髪型が好きだ。好きなのだ。しかも困ったことに、ぼくだけじゃなく出演している彼女らも正直、このイメージには迷惑しているとのことだ。べつに藤田の好みで前髪を切っているわけじゃないし、という目で睨《にら》んでくる。そのとおりだ。髪型を指定するほどの権力をぼくは持ち合わせていない。しかしなぜだろう、オーディションにやってくる女子や、観劇しにくる女子も心なしか黒髪で前髪を揃えて切ってある女子がおおいような気がする。内からも外からも、黒髪やら前髪やらに包囲されている。つまりは、けっきょくのところ、黒髪やら前髪が好きだ、ってことでいいんじゃないの？　うーん、でも、そういうんじゃないんだよな……。

八千草さんのタトゥータイツなら

　タトゥータイツ、みたいな。そういうのをよく見かけるようになったけど、ぼくにはあれがどうもわからない。さいしょ、なにかシールみたいなものを生脚に貼っているのかとおもってギョッとしたし。そしてさらに、あれがタイツなんだと気がついたときに、そのセンスはぼくにはないなと、タトゥータイツを穿く女性全般をこころのなかでつめたく突き放してしまった。こういうときはきまって、けっきょく自分の理解力の無さが悪いような気がして、打ちひしがれることになる。理解ができない、としてしまうことはとても悲しいことだ。それを受けとめる許容量がないのは、自分の小ささを露呈していることでもある。極力、おおくのことを理解できないとしてしまいたくない。しかし、タトゥータイツってやつは、ぼくをなかなか、その魅力に誘ってくれない。

　そもそもなんであれを穿こうとするのか。朝起きて、箪笥からあれを引っ張りだす、そのモチベーションからしてわからないから、もうぼくはダメなのかもしれない。流行《はや》りってものを端《はな》っから解ろうとしない、ただのオッサンに成り果てようとしている、いまは入り口なのかもしれない。このミッキーの柄、わたしの太もものところにぴったり！　ふくらはぎのところ、爬虫《はちゅう》類みたいにしたい！　くるぶしまで満遍なく、幾何学模様をちりばめたい！　なんて具合で買うことを決めるのだろうか。柄に魅かれて、とか。持っている服とのコーディネートをかんがえて。とか。いろいろとあるのだろうけれど、しかし、どうしてまるで生脚にタトゥーをいれたように見せたがるのか。タイツはタイツ。タトゥーはタトゥーじゃダメなのか。うーんと、だからちょっとかんがえればかんがえるほど、やっぱりタトゥータイツをめぐる思考はわからないを通り越して、ネガティブな方向へすら行ってしまう。

でもそんな、延々と続きそうな真っ暗なトンネルのなかで、かすかに見えてきた一点のちいさな光は、八千草薫さんだった。八千草薫さんがタトゥータイツを穿いた姿ならものすごく見てみたい。タトゥータイツの落としどころとして、彼女が穿くなら成立するかもしれない。この違和感を解消してくれるのは、彼女だ。間違いない。

女優の「肌」と出会う旅。

顔を埋めたくなるくらいの「肌」には滅多に出会うことはできないわけだが、だからこそ出会うためには必死だ。ひとそれぞれ、理想の「肌」というものがあるだろうから、すべてのひとが異なったルートでなんらかの「肌」と出会うのだろう。もちろん、人間の「肌」が到達点じゃなくてもいい。樹木の「肌」しか愛せない人だっているとおもうし。価値観みたいなものを統一するのは大変だとおもうんだけれど。

ひとつのラインとして、まずは抗《あらが》えない「肌」が好きかどうか、っていうのはあるとおもう。わかりやすいところでいえば、老いによって隠せない手の甲の皺《しわ》とか。青く浮き出た血管とかが有りかどうか。そこまでいかないくらいの「肌」も、ぼくはたまらない。これからの数年間でどんどん皺が増えていくのだろうな、と。予感させてくれるような観察し甲斐のある「肌」は、見届けるまでは死ぬわけにはいかないと否応なしだ。

ひょうひょうとした表情の、たとえば女優がいたとして、ぼくはそういう女優を保てなくなるくらい息切れさせたくなる。息と息の隙間から洩《も》れる微かな声が本物なような気がして、それに耳を澄ませたいという欲望に駆られているだけで、べつにこれはサディスティックななにかではない。きれいに化粧をしてきた女優の化粧を、すぐさま流し落とすほどの汗をかかせたくなってしまうのは、やはり抗えない「肌」が見たくなってしまうからだ。化粧が嫌いなわけではない、いやむしろ化粧をしている最中の女性の手さばきとか、とても好きだ。じゃなくて、化粧という行為がどうのってはなしではなくて。でもそこまでしても、どんなにこっちが必死こいても、ほんとうの「肌」が見えてこない女優もいる。それはそれで面白いんだけれど、顔を埋めたくなるほどの「肌」の持ち主としか、やっぱり作品はつくれない。

ぼくの祖母は今日もきっと、夕方になったらよたよたと台所に歩いていって、きゅうりやなすを切るのだろうけれど。あの野菜をおさえる、ちいさな左手だ。皺くちゃだけれど、でもなぜだか光沢のある手の甲。現在に至るまでの歴史みたいな壮大さが、祖母の「肌」には詰まっている。あのかんじ。あれが求めているものかもしれない。

にくとほねを、つつむもの。

コートだのセーターだののなかにはかならず肉があって骨があるわけだから、女子のからだは何枚もの繊維や皮膚などで重ねられている。こんな季節はそれら骨に至るまでの「つつむもの」を想像のなかで一枚一枚めくりながら女子を観察する。そしていつも気がつく。「つつむもの」を剝がした先に現れる肉や骨は、きっと勝手に育ってきたものではなくて、誰かから何らかの手を加えられてここまできたものだろう。自力のみでここまできた肉や骨はないはずだ。そうやって見ていくと果てしがなくて、いつもきまってクラクラする。ぼくなんかがいたずらにその肉や骨に触れてはいけない気がするし。もっと言うと、ぼくのこんな汚《けが》らわしい目で見てはいけないくらいにおもってしまう。だからたとえば、こっぴどい噂が流れてしまった女優がいたとして、でもその女優の肉や骨だってそうなわけだ。アダルトビデオにでている女優の肉や骨も、画面のなかでなにをされていたってそうなわけだ。誰だってそうなわけだから、誰のことも馬鹿にできなくて苦しくなることがある。

誰もが大切に、誰かに愛されて育てられたからだなので、みたいなことではなくて。じゃなくて、ひとりという単位での肉や骨は、じつはひとりという単位で済まされるのかどうか、ということで。それはそのひとの親とか家族とかそういう存在に限らず、いままで付き合ってきたひととか、だから彼氏とか。そういう存在も、そのひとの肉や骨を形成してきたひとりに含まれるのだとおもっている。

出会ったひととのことで、肉や骨は変わっていく、重ねていく。そして、ぼくは演出家をしているから、日々、女優を目の前に仕事をしているのだけれど。彼女らの肉や骨にもぼくというひとりが、たしかに確実に刻まれていくのを感じるから。だからそういう意味で、気が重い仕事なのだとおもってしまってクラクラする。彼女らの家族だの彼氏だのには、いつ刺されても構わない覚悟でいる。おれの娘の肉や骨をこんなにしやがって！　とか。おれの彼女の肉や骨をこんなにしやがって！　とかいうクレームは受け付けますし、ごめんなさい、と素直におもう。でも、やめられないし、やめない。ぼくも少なからず、彼女らを「つつむもの」の一部なわけだから。

つくられたものと目が合う。

ほんとうの眼がわからないくらい眼をつくりこんでいるひとが、まあむかしっから、それはほんとうの眼なの、ってひとはいたものの、さいきんは増して、過剰につくりこんでいるひとたちがいるような気がしている。つけまつげ、どころか、まつげのエクステがあるらしいし。カラーコンタクト、どころか、黒目を大きくみせるために瞳の輪郭をはっきりとさせる、デカ目カラコンってのもあるらしい。瞳が光の反射をしないように、瞳全体にマットな質感を持たせるカラーコンタクトもあるんだとか。目頭切開とか、なんだとか、もうそういうのも当たり前なのだろう。女子じゃなくても、オトコだって、それをするという。そんないろんなつくられた眼たちとぼくらは日々、じつは出会っているはずで。ふとした拍子に目が合った眼は、ほんとうの眼なのかどうか、わからないくらいのかんじなのだろうとおもう。

早朝の教室で女子たちが輪になって、ビューラーにカチカチとライターの火を当てて炙《あぶ》っている、そしてあんまり無いようなまつげを引っ張ってカールさせる。あのころ、ビューラーを炙るために女子たちはライターを持っていた。なかには、チャッカマンを持っている子もいた。あの光景はもはや懐かしいものになりつつあるのだろう。いまなんか、スイッチをいれただけで熱くなるビューラーが存在するらしい。どんどん発展するのであろう、そういう道具とか技術とかなんだろうから、これからも女子たちの眼はメキメキと、前へ前へと、進んでいくのでしょう。それはそれで、これからも楽しく見守っていきたいし、ギミックがわからないくらいの凝った眼も見てみたい。あ、それはほんとうの眼で、なんの偽りもないね。それは、ほんとうじゃないね、明らかに。あ、惜しいね、それはあんまりあたらしい眼じゃないね。みたいにして、いちいち見極めるのにも精をだしたいから、観察するのに磨きをかけていきたい。

女子たちは先回りしてすごいのを開発してくるに違いない。ひとえを、ふたえにしようとする女子。ひとえだったふたえと、今日も目が合うのだろう。でも、その、ひとえを見たいひともいるだろう。でもぼくはなんであろうと、つくられていようとも、その奥にあるほんとうの眼と、目を合わせたいとおもう。

なぐる、なぐられるの果てに、おもうこと。

本番前の楽屋で、役者さんたちが衣装に着替えていたり、ヘアメイクだのなんだのってせっせとやっている空間では、演出家って職業はなんとなく肩身が狭いし、あんまりやることがなくて、もてあます。しかもいま、この楽屋にはめずらしく男子がおおいのだ。女子はほとんどいない。ほんとうにつまらない。なんで男子がたくさんいるのか。意味がわからない。そんな空間の片隅で、いま、ぼくはこれを書いている。

男子4人は「肉体」について取り組んでいる。去年の夏から約1年間、ボクシングジムに通っていて、本格的にボクシングを習ったのだ。ぼくはボクシングでつくられる筋肉が好きだ。それはほかのスポーツではつくられることない、筋肉だ。男子たちにはプロテインを買い与え、ボクシングジムの会費もぼくがすべて出した。それくらい彼らには変わってほしかったのだ。ぼく好みに。

しかし、わかったことがあった。男子って、なんなんだろうなあ……、ってことが。

男子って、やっぱ単純で馬鹿だよなあ……、つまんねーなあ……、まあ、それくらいしか、男子について書くことがないくらい、男子にいくら注いでも、興味がさほど沸いてこないことがわかった。男子と関わっても、赤字でしかない。原稿料の足しにもならない。最初はボクシングを怖がっていた4人だったけれど、なんだかんだで、ボクシングジムがある生活を楽しんでいて。プロテインを飲むだの飲まないだの。殴る、殴られるのそんな競技にずぶずぶとはまっていく様子。それも、その姿も、なんだかムカつくのだった。いや、ぼくが習えと言ったのにあれなのだけれど。ボクシングを通して、男子の「肉体」について追究してかんがえたい、と始めた企画だったが。回り回って、いまおもうことは、男子の「肉体」よりも、女子の。女子の「肉体」ってすごくわからなくていいよなあ……。ってことだった。けっきょく。男子の「肉体」を見ていると、むしろ女子の「肉体」に彷徨いたくなる。それがわかった。男子がパンチを繰り出したときの、筋肉の曲線を見つめていると。なぜだか女子が懐かしくなる。そういう意味では、そのことを再確認できたのはよかったけど、そのために費やしたな……。

充血した目に、点眼。したい。

移動中のバスのなかで、ぼくの作品によく出演している女優の吉田聡子の目がとても充血してしまった。眼球もそうだが、まぶたまでほんのり赤い。彼女曰《いわ》く、こんなに充血したのは初めて、とのこと。周りは、さとこだいじょうぶ？　と心配するが。ぼくはといえば、聡子には申し訳ないが、しばらくそのままでもぜんぜん。ぼく的にはかまわないよ。むしろまだその充血した目を眺めていたいよ。収まらないで、血管。まだまだ目のなかで、どくどくしていてください。と、こころのなかで懇願するのだった。ある意味、新鮮さがあったのだろう、興奮していた。もともとそんなに目がおおきく見えたり、くっきりしていたりとか、そういう派手さはない一重まぶたの聡子の目は。もちろんだけれど、充血しなくたってとても好きで。でもそんないつもの、バスに乗る前はなんの変哲もなかった聡子の目が、バスから降りたら急に赤い。赤すぎる。意外なところから切り込んでこられて、不意を突かれた。

その充血した目は……。いままでの、ぼくがおもう「聡子」のイメージが歪められていく……。とめどなく止むことがない聡子への興味にさらなる拍車がかかってしまったが、すぐに。しかし、待てよ。と立ち止まった。この充血した聡子の目を観客に見せたくない……。客席のなかに、ぼくと近い感覚を持っているクソ野郎がいたとして、この充血した聡子の目と対峙したときに、ぼくと同様に興奮するクソ野郎がいやがったら、それは耐えられない。クソ野郎はぼくひとりで十分だ。この赤い目は、ぼくだけのものにしたい。だから名残り惜しいが、早々にこの赤い目を、通常の目に戻してやらなくてはいけない。そしてこの赤い目の魔力を抑えることができるのはぼくだけだ。ぼくだけのはずだ……。

というわけで、聡子を含む役者さんたちがウォーミングアップしている最中に、劇場近くのツルハドラッグに急いだ。聡子ってコンタクトレンズしてたっけ……。目薬を選んでる時間の至福さといったらなかった。そして点眼するのは、ぼくがいい。ぼくが聡子の目に点眼したい……。なんて想いは、儚《はかな》く。買ってきた目薬を聡子に手渡すと、あっさり自分で点眼。しやがった。

にわかに増えつつある、ショートカットたちよ。

まわりに、にわかに、ショートカットの女子が増えつつあるような気がする。しかもそれなりにロングヘアーだった女子がだ。ばっさりと、結果だけみればなんの躊《ちゅう》躇《ちょ》もなかったみたいにして、ばっさりと。切り落とされてしまったときに、女子はなにを想うのか。髪型をがらりと変えるときは、たとえば恋に破れたとか、そういうなにか彼女にとって、決定的ななにかがあったとき。みたいなそういうのは、あんまりぼくは信じられない。というか、いちいち髪を切ったからといって、そういうふうに繋げてかんがえたくないし、たぶん「なんとなく」切ったまでなのに、具体的な想像力を膨らませてこじつけたくはない。だがしかし、だ。だがしかし、やっぱり回りまわって、なにか……なにかあったはず……と想像してしまうのは、悪い癖だとわかっていつつも。なにかなくたって、なにかあったはず。それを切ろう、と思い立ったに至るまで。なにかなくたって、こまかくは、なにかあったはず。飼っていた犬が死んだとか、おじいちゃんが死んだとか、金魚が共食いしたとか、そんなおおきなことじゃなくても、友だちくらいがちょうどよかったひとが一線越えてきた、とか。仏壇のなかに置かれてあった写真が突然たおれた、とか。日常には、髪を切りたくなる地雷がおびただしいくらいに潜んでいて、それを踏んでしまうと、きのうまで、見えていなかったうなじが、きょうは見えているという事件に発展するのだ（見えていなかったうなじの破壊力は、ほんとうにすごい）。

小さいころからぼくなんかは髪型が変わったことがない。ちょっと長髪にしていた時期があったくらいにして、髪を染めたりとか、くるくるにしたことも、まっすぐにするパーマもなんにもしたことがない。だから、かもしれないんだけど。どのタイミングで……？　と、気になってしょうがないのだ。ファッション誌を眺めていて、こんな髪型にしたい。漫画のなかの、あの子の髪型を真似たい。とかもあるんだろうけれど、それだけじゃないはずなのだ。というわけで、勇気を持って。最近ショートカットにした女優に訊《き》いてみた。えっと……な、なんで、短くしたの……？

彼女は「きのう、サボテンが死んだのよ」と答えた。名答です。

手がキレイな男子、撲滅運動。

手に惹《ひ》かれる、という言葉を聞いたことはあったけど、本当だったのかと愕然《がくぜん》としている。つまり、手がキレイな男子に女子は惹かれる、というわけだ。んなわけはないだろ、と爪を噛《か》むのが癖なぼくは、手なんかでモテるかモテないかをジャッジされたくなかったのか、いままで笑って聞き流すフリをしてきたのだが、もう笑っちゃいられなくなった。というのは、フリをしていただけで、やはり手がキレイな男子はモテるはずだとわかっていて、同時にぼくの手じゃダメなのだと、とっくに敗北している現実から目を逸らしていたのもある。

ぼくのなかで、手がキレイな男子ランキングなんてのもある。胸くそ悪くなるからこころの奥底にしまってはいたんだけど。この際、言ってしまおうとおもう。

3位は、大学時代からの親友の石井くん。／2位は、よく飲みに行くライターの橋本さん。／1位は、歌人の穂村弘さん。

この3人の手はキレイだし、質感も抜群だから、はっきり言って最悪だ。こんな手があるから生態系が狂いまくって、手が醜いぼくのところに流れつく女子は、なんていうか特殊な種族というか、限定されてくるというか。困るのだ。女子のことを毎回追究していく、このエッセイの存続も危ぶまれてくる。そう、手がキレイな男子なんて撲滅すればいいのだ。手が醜い男子が集結して、キレイな手狩りをしていけばいい。そして手がキレイな男子がいなくなったならば、手がキレイなくらいでなびいてしまう軽薄な女子が、しょうがないなあ、ちょっとくらい手が汚くてもいいかあ、なんて具合で。それって妥協だけれど、妥協しながらも。こちら側に流れてきてくれるはず……。と、理想を語っていてもしょうがない。現実はキレイかキタナイかで二分されているのだ。キタナイ男子はキレイな男子の欠如しているところ、たとえばこころとかそういう抽象度の高い箇所を磨いたりして対抗していくしかない。しかしそんな洗練、女子からしたら屁かもしれない。こころなんかより手指のキレイさなんだ、どうせ。ぼくの指は、爪を噛まなくたって、とことん親父の指に似ている。だから、親父のせいだ。

ブラジャーについて。

　ブラジャーについて、たまに猛烈に気になってしまう。最近、ニュースを観ていて、スポーツキャスターの胸のかたちってなんかおかしくない？　とおもったことからまた再熱した。正しくは、あのかたちって、ブラジャーがおかしくしているのだ。たまに、違和感のある胸の形は、すべてブラジャーのせいだとおもう。とある卓球選手も、あれはブラジャーが変なのだ。サイズが合ってないか、ブラジャーが胸のかたちを決めようとしているのだ。

　ぼくの作品に出演する女優のブラジャーは、ぼくが選んでいる。もうそれは、ほんとうに初期のころから。ブラジャーひとつで舞台のニュアンスがずいぶん変わってしまうなんて、誰もがわかっていてほしい。ブラジャーのかたちがやけに目にはいってきて気になってしまうのはほんとうに嫌だ。ってのが、まあ、おおきくはひとつとしてあるんだが、でもやはりぼくは男子なのだろう。ブラジャーってものが不思議でたまらないのだ、ブラジャー。あれを着けて舞台に上がるってなんなんだ。ってところからブラジャー問題がはじまったとおもう。しかし着けずに舞台に上がるわけにはいかないと、ある女優から強めに言われ「お、おう……そりゃそうだよね……」ってことで、でもじゃあブラジャーを選ぶのもぼくにやらせてくれ、ってことでそれすらもぼくが担当することになったのだ。

観客よりもぼくよりも、衣装よりも、とにかくいちばん、女優の肌に近いところにくるのがブラジャーじゃないか。ぼくはピタッとくるパンツしか穿きたくない。それと同様に、女子にはかならずブラジャーにこだわりがあるはずで、ぼくはそのこだわりのすべてを、やはり男子だから知ることはできない。だから、なおさら。だからこそ、その着け心地まで知っておきたいのが、ぼくという演出家なのだ。もちろんだが、幾度となくブラジャーを試着したこともある。しかしそれをしたってわからなかった。だってぼくの日常とは到底、かけ離れているわけだから。そして着けたときの虚無感といったらなかった。でも近づきたいから試す。女優、および、女子のややこしさを知るためなら、ぼくはなんだってする。

台風と軽石。

低気圧に弱いひととしか、低気圧の話をしたくない。それはトマトが好きなひとに、なんでトマト食べれないの？　と言われるのと似ていて、いや食べれねーんだから食べれねーんだよ、ってだけなんだけど、トマトが好きなひとには嫌いな意味が本当に絶対にわからないのだろう。なのに、いちいちたぶん一生、「いやあ、なぜだか、昔から……」と説明しなくちゃいけない。低気圧による偏頭痛に悩まされたことのないひとにとって、低気圧は低気圧ってだけなんだろう。ぼくにとっては上空からもの凄い圧力を仕掛けてくる邪悪なうねりだという認識があるから、それくらいのレベルで低気圧と付き合っているひととしか、低気圧の日は喋《しゃべ》りたくない。

さて、こないだの台風のとき。そろそろ台風が去ろうとしているときだった。ぼくとしては、吹き荒れたりなんだりよりも、この頭痛をどうにかしてくれ、というそんなかんじで、周りのひとたちは雨風を気にしながら歩いているなか、ぼくはといえば雨風よりも、こめかみに日本刀が貫通したようなくらい痛すぎる頭を抱えながら、去るなら早く去ってください、と祈りながら、フラフラと歩いていた。朦朧《もうろう》とする視界の片隅に、ぼくと同様にフラフラと歩く女性が見えた。彼女も傘を差していない。風に当てられて吹き飛ばされそうだが、気にしているのはそこじゃないように見える。まさか……？　彼女も低気圧による偏頭痛を持つ、ぼくと同類……？　そんな妄想が膨らんだ時点でぼくのからだは自然と彼女のほうに向かっていた。激しすぎる雨風と、帰りたくてしょうがないひとたちをかき分けて、彼女のなるべく近くへ。

彼女は薬局の黄色いビニール袋を持っていて、そのなかには軽石が。か……軽石……？　それと、たぶん生理用品。あなたも偏頭痛ですか……？　なんて訊きたいくらいだったけれど、そうじゃなかった。台風の日に見ず知らずの男性に偏頭痛かどうか訊かれるなんて気持ち悪いよね、そうだよね。しかもそれは、たぶん偏頭痛じゃないよね、そうだよね……。じぶんと似た生物だとおもったら、ちがった。しかもそれ以上に、彼女とぼくは、女性と男性で隔たれていた。

かかとといっしょに、ぼくも削って。

口内炎は見せてほしい。

原因は未だによくわからないのだけれど、イカを食べたことがきっかけでぼくの作品によく出演している女優の吉田聡子がちょっとしたアレルギーを患ってしまって、肉類など、そういうのを食べると蕁麻疹《じんましん》が出てしまうので、彼女は最近、野菜ばかりを食べている。そのこと自体はとても心配なんだけど、同時に、申し訳ないのだけど、彼女のからだの至るところに次々と出てくる発疹に魅せられてもいる。

赤く充血した点が、彼女の皮膚から隆起してくる。そのことが、どうも興奮する。口内炎ができた場合、見せてもらいたくなるのだが、口内炎見せてよ？　なんて言っても、口内炎を見せてくれるひとなんて、なかなかいないし。っていうか、口内炎見せてよ？　なんてなかなか言えない。

「口内炎、できちゃってさー」という台詞を、先日、電車のなかで聞いた。これからバーベキューをしに行くのだろう、重そうな荷物とスーパーの袋のなかには、肉、肉、肉の、色黒の男女4人組のなかの、ひときわ色黒の女子が言ったのだった。「口内炎、できちゃってさー」。この台詞を聞いた途端、ぼくのなかのどこかのスイッチは押されてしまって、うずうずは止まらなくなった。口内炎見たい……見せてほしい……あの色黒の女子の口内炎を見ることができたなら……今日という一日は気持ちよく終わるだろう……一日を終わらすためにも見たいです……口内炎が見たいです……。

「おめーさあ、これからバーベキューなのにさあ、口内炎かよ、マジでこっちがテンション下がるからね」と、そのなかの色黒の男子が言った。……下がんねーよ！　バーカ！　上がるだろーが！　クソ！　カス！　口内炎できてるのに、バーベキューしに来たんだぞ！　感謝しろ！　拝め！　口内炎！　拝みたい……あの女子の口内炎……唇をめくって、白いクレーターをぼくに見せておくれよ……、いくらうずうずしたって届かない。女子の口内炎を舌で確かめたい、自分の口内炎を舌で確かめても何もおもわないけど、他人のは格別だろう。確かめさせてくれたら、彼女にビタミンCたっぷりのなにかをプレゼントしよう、だからお願い、確かめさせて。

吉田聡子の発疹、今度は内側につくって？　発疹、蕁麻疹、口内炎。お願い。

秋の空と汗ばむ女子。

夏が終わって、すっかり秋の空だというのに、尋常じゃないくらい汗ばむ女子を、真っ昼間の山手線で見た。この女子、しかも半袖、短パンだ。そしてなんと、手には『野村ノート』を持っていて、それを熟読している。『野村ノート』とは、野村克也の著書である。細いフレームの大きめのメガネをかけているが、それでも文字にできるだけ近づいたところで熟読している様子、なのだ。それにしても、汗がすごい、したたるほどだ。グレーのTシャツをショートの短パンにインしているスタイルであるから、グレーって滲《にじ》むよね、とても滲んでいるし、それどころじゃないくらい、汗をかいている、したたっている、アゴやヒジから、たまにぽたぽたと、車内の床に。ある程度、高いヒールというか、エスパドリーユのかかとが高くなったようなのを履いているから、走ってきたわけではないだろうし。ニューエラのキャップのつばを、うしろにして被っているのだが、アタマからも汗をかくタイプなのだろう、あんなに素材がぶあついキャップにも汗の滲みが見える。貧血で倒れそうな瞬間ってあるよね、ドバッと汗が噴き出たりするよね、しかし彼女は『野村ノート』を熟読しているのだ。度が強めのメガネだから、必要以上に大きくなった目で、目ヂカラで、かなりの集中力を持って、文字を凝視しているように見えるから、どうやらこれは貧血ってわけではないのだろう。『野村ノート』はどこで買ったのだろう、キオスク、ブックオフ？いずれにせよ、なぜ、『野村ノート』？　彼氏が、そっち系の、野球をアタマでやりたい系のひとなのか？

そんな汗かきながら、しかも車窓の外の風景は、すっかり秋だ。秋の空だ。ショートの短パンだから、太ももからヒザにかけても、ツーッと汗が何本か流れている、いやあ、これはすさまじい、ここまでバチャバチャなひとなんて、初めてだ。ポカリを買ってあげたい。メガネの奥にも光るものがあるのは、なぜ？　それは野村克也のコトバによるものなの？　からだのなかからそんなに湧き出てくる具体的な水分の正体を、ぼくは感覚的に知りたいよ。きっと、貧血じゃなくて、それならば、一年中、冬だって、そうなんだろう。

彼女が垂れ流すもの、それはなに？

秋風としなやかさの隙間から。

シャンプー変えた？　あ、コンディショナー変えた？　いや、トリートメント変えた？　え、シャンプーとコンディショナーとトリートメントっていうのは、それぞれ別々の、どれもちがう働きをするのだろうけれど、君の今日のそれは、どれを変えたから、そうなったの？　昨日とまるでちがうよ、匂いも、なんていうか、見た目も。そ髪型を変えたわけではないのだろうけど、ぜんぜんニュアンスがちがっているよ。それはなに？　きちんとドライヤーしたから、それくらいのうねりになったの？　昨日までは、そんなにうねっていなかったよ。それが本来のうねりなのかい？　君が、美容師さんとミーティングを重ねに重ねイメージしたうねりは、本当はそれだったのかい？　高いトリートメントは、毎日は使わないで、ここぞというときに染み込ませる、って、こないだあいつと話していたのを、遠くから聞いていたけれど、え、ということは、今日はその、ここぞというとき、なのかい？　そのいつもよりもうねったそれを、今夜、ぼくではない誰かに、いや、当然、ぼくなわけはない。ぼくなんていうのは、君にとって誰でもない、ぼくなんだから。ぼくではない誰かは、君のそのうねりを触るのだろうか。その誰かは、そのうねりのことを、ここぞというときのうねりだってことを、きちんとわかってから触るのかな。いつもそうだとおもうなよ、と、そいつに怒鳴りたいよ。いつもの君は、そんなにうねっていなくて、そんなにふわふわもしてなくて、ぺたぺたしているくらいなんだぞ。汗はアタマからかくタイプなんだぞ。からだはしなやかに柔らかいけれど、くるぶしはかちかちに硬そうなんだぞ（当然、触ったことない）。足指がとてもよく動くけれど、親指と人差し指のあいだはとても臭そうで、しかもなおかつ、ぼくの鼻がちょうどぴったりはめ込めそうなんだ（当然、はめ込んだことない）。

秋風といっしょに、彼女はぼくのまえを歩いている。ぼくは彼女の姿が見えなくても、彼女がまえを歩いていることがわかる。だって、匂いでわかるから。彼女のこと、これから触るお前。きちんと、隅々、ぼくの妄想よりも、きちんと。隈なく、触れ。じゃなきゃ、絶対に許さない。

手荒れがひどい女子。

手荒れがひどい女子に、ひどく惹かれてしまうのはぼくだけだろうか。もともと、しわしわした手指を見かけると目が離せなくなってしまうのだけれど、特に、手荒れはいい。手荒れはほんとうに掻き立てられる。彼女はなぜ、こんなにも手荒れしているのに洗い物をしなくちゃいけないのか。彼女はなぜ、こんなにも手荒れしているのに今日も誰かに会わなくてはいけないのか。華奢《きゃしゃ》な手指に手荒れが降りかかると、途端に、どうしたって不幸なかんじが増してきて、同情を誘う。手荒れは憎いやつだとおもう。手荒れってだけで、もう好きになりそう。ニベアなんてあげない、アベンヌもあげない、ヴァセリンもあげない。アロエエキス？ あげるわけない。治ってしまうと、また手荒れになるまで、待たなくてはいけなくなるでしょう。手荒れでささくれて硬くなった皮膚を、ゆっくり撫でたい。そしてあなたの代わりに洗い物をしたい。この洗剤のせいで手荒れしたんだー、なんて、おもい馳せながら。あなたの手を荒らした洗剤をぼくの手指におもいっきりぶっかけたい。そういや、ぼくの手指はとことん頑丈だ。もうざったいくらい頑丈だ。飲食店でアルバイトしていたとき、ほかのひとたちは強力な洗剤で手荒れがするとのことでゴム手袋を着けて食器を洗っているのに、ぼくだけはゴム手袋を着けたことがなかった。それは、ぼくの手指が頑丈で、塩素にも負けないくらいだし、どんな強力な洗剤でも耐えられたのもあったけれど。なにより、ゴム手袋が嫌だったからだ。ゴム手袋は、なんだかコンドームみたいで。コンドームを装着したときに似ていて、嫌だったのだ。あの薄いゴム素材のせいで、内と外が容易に隔てられる。だからぼくはゴム手袋は装着しなかった。

手荒れがひどい女子、全員分の洗い物を、ぼくが代わって洗ってあげたい。素手で洗ってあげたい。そのあとに、手荒れを撫でさせてほしい。そしたらゴム手袋をプレゼントしてあげよう。

雪で遊んでいたときに、手袋をしていなかったから霜焼けして、手指が切れて血を出してしまった、あの子がいた。あの子には、いま。洗い物を代わってあげる男子がいるのかなあ。手荒れを心配してくれる、男子が。心配だ。

小指の爪が割れた。

たぶん足の小指の爪だろう。たったいま、割れたのだろう。小学生くらいの女子が、道端で痛そうにしゃがみこんでいる。もう夏は終わったというのに、サンダルなんて履いていているからだ。ぶあついレンズのメガネをかけていて、色白だ。初潮が始まったくらいだとおもう、痛がる口元の周りには産毛よりもすこし濃い毛が生えているし。胸も、膨らみたてなかんじだ。

金木犀《きんもくせい》の匂いが漂う、ここは坂道だ。この坂道で、ぼくらはふたりっきりだ。しゃがみこむ彼女は痩せているから、首の骨が浮き出ている。彼女が小指の爪を割った隙に、彼女を連れ去ることもできてしまう、成人男性としての自分にゾッとする。彼女が痛がり、うずくまる姿を見て、なにかを連想してしまう自分の脳みそに農薬をぶっかけたくなる。ぼくが女子を見つめる視線が、あるラインを越えそうになる瞬間の危うさは、ぼくが一番よく知っている。たまに、とくに、疲れて歩いているとき、ぼくは死んだ目で女子を見ているのだが、それはとても気味が悪いものだろう。だってぼくは死んだ目で、女子のことを、妄想のなかに引き込んで。ある意味、裸にしているのだから。

ぼくには演劇という場所があってよかった。演劇という場所では、どこまでも女子を裸にしていいのだから。演劇が無かったのならぼくはどうなっていただろう。この華奢な首の、浮き出た骨に魅せられてしまうのが、ほんとうに汚《けが》らわしい。ぼくはぼくの男性の部分が憎くてしょうがない。ぼくは女子になりたかった。女子として女子を見ていたかった。しかし変えることはできない。男性として、女子を見つめることの味を占めてしまってもいるから。男性をやめたいなら、もう死ぬしかない。でも死ぬ勇気もない。小指の爪が割れた女子、誰にも連れ去られないでほしい。はやく小指、治ってほしい。治って、元気に歩いてほしい。男性の行きすぎた女子への視線は、世界から無くなってほしい。しかし、今日もぼくは女子を見つめる。見つめた先に、なにがあるのか。やっぱりいつまでもわからないけれど、今日も見つめる。祈るように、見つめる。痛がる女子を通過して、坂道を下りながら、そんなことをかんがえていた。

ダンサーとの共同作業。

酒井幸菜さんという振付家でありダンサーの女子と、作品のつくり方などをああだこうだと話し合いながら実践してみる、という企画がはじまった。だから頭のなかは彼女のことでいっぱいだ。ぼくらは同い年だし、これまでも知り合いではあったものの、深いところで話したりとかそういう交流はなかった。それにぼくはやはり言葉のひとだから、ダンサーのひとたちのなんていうか、言葉じゃないところで通じ合う、みたいな雰囲気には抵抗感があった。

話さなくてもわかる、言葉がなくたってわかる、というのは、それはそれでそうなのかもしれないが、とことん言葉を駆使して話し合ってからじゃなくちゃ、ほんとうの理解に至ることができないのではないか。それは長年付き合っている恋人や夫婦だってそうなのではないか。言ってくれなきゃわからない、言ってみたらわかる。言いたい、聞きたい。こう言い換えたら伝わった。言いすぎた。言い足りない。表現だってそうだ。ここには言葉は必要。いや必要がない場面もあるかもしれない。だからこそ、言葉を引っ込めよう。しかし引っ込めるにせよ、それはやはり言葉を言葉としてどうしようかとかんがえている。生きている間、ずっと永遠に言葉という呪縛にもがき苦しみ、死ぬ寸前にも言葉が浮かんで、そして言葉に沈むのだろう。そういうもんだとおもっていた。

それくらい言葉派のぼくが、なぜ。身体表現という、ある意味では言葉ではないことをやっている、いわば、からだのひとと、つくることについてかんがえたくなったのか。それは彼女のからだや、からだについての思考を観察したときに、そこにはほんとうに言葉は無いのか知りたいからだ。無いのなら、彼女はなにを頼りに、そのからだをオッケーとしているのか。ぼくの場合、進むも止まるも言葉だ。彼女の場合はどうなのだろう。選択や判断は、感覚によってのものなのだろうか。では、感覚とはなんなのだろうか。言葉では形容できないが皮膚の部分ではわかることとなんかがあるんだとしたら、それは知りたい。実際、彼女独特の上品なかんじは上手く言葉では形容できない。言葉に収まりそうもないひと。それが現実だとも、わかってそう。

たいらになる場所。

新作に取り組んでいるから、女優3人と向き合う日々なのだが、彼女らのからだのどこにリンゴやナイフを置こうか、ということをもうずっと悩んでいる。

からだには平らになる場所が意外と幾つもあるから、それをまずは探していく。前屈がある程度できる女優の背中は平らになるから、肩甲骨のすこし下あたりにまず置くことができる。しかしうつぶせの状態よりもあおむけの状態に、なにかをのせることをかんがえるほうが興奮する。寝転がったからだのまま、背中を反り返らせると、みぞおちあたりが平らになるから、リンゴをのせることができる。これはたぶん、胸のおおきさもあるだろう。ちいさいほうが、角度がキツくないから、すこしの反り返しでも平らになる。胸と喉のあいだのあばらも、立ちあがって反り返ると平らになる。この姿勢は背筋が無いとできないかもしれない。それに頭に血がのぼるから、たいへん。そしてこの平らさは胸がおおきいほうがいいかもしれない。しかしからだのやわらかさはひとそれぞれだし、それはシンプルにやわらかい、かたいのふたつだけではなくて、ひとによってやわらかい箇所、かたい箇所がある。前屈ができても、開脚はできなかったり。股関節だけが異様にやわらかくても、肩まわりがやけにかたかったり。それぞれのからだがちがうのは、たのしいのだけれど、ただたのしいのはぼくだけらしい。いや、たしかに、からだをいろんなかたちにさせられて、あらゆるものを置かれる女優の気持ちになれば、そんなこと容易にわかるはずだ。しかもそんな時間が何時間もつづくのだ。そういう嗜好がない限り、苦痛でしかないだろう。

あおむけになって両足を地面に垂直にして天井に向けてあげた、ぼくの周りでは、なおきっての軟体動物・吉田聡子の足の裏にフォークやスプーンがキレイにのって、なおかつそれをながい時間、維持できたことに興奮したぼくが、「これは燭台もいけるね。ロウソクに火をつけても大丈夫そう。ちょっと燭台いってみようか」と言うと。

「ふざけないでください。なんか職業として違くないですか。雑技団じゃあるまいし」と言われた。

たしかに。しかし、ぼくの職業はこういうことなんだよ……。

押し寄せる、女子、女子、女子。

出演者オーディションというのをやっている。一日に140名くらいの、しかも女子だけを見つめている。このペースで4日間。これが一次審査だ。男子は応募資格に該当しない。応募資格は、年齢や経験などは問わないが、心身共に健康な、女子。男子なんかいらない。女子とだけ。女子とだけと、とにかく向かい合う。男子に費やす時間などない。

それにしても、世のなかにはいろんな女子がいる。やはりオーディションというだけあって、しかしアイドルのオーディションでも受けにきたのか、ってくらいとにかく元気で明瞭でツインテールみたいな女子もいれば。寝てねーんじゃねーか、食ってねーんじゃねーか、ってくらい顔色が悪い女子。くちびるが紫色で、プールサイドにうずくまっていそうなかんじ。ボソボソっと話してニヤリと笑うひと。豪快に笑うひと。泣きだすひと。機嫌わるいひと。ぼくのことなんか知らないひとがほとんどで、ぼくの舞台なんか観たことのないひともたくさんいる。

　二日酔い。ぎっくり腰。ほそいひと、ふといひと、おばさん、中学生。とにかくいろんなひとがいる。そんなさまざまな何百人もの女子を冷えピタを額に貼り、死んだ目で見つめる、ぼく。押し寄せる、ひとりひとりの出演したいという気持ち、このために遠くから受けにきたひと。そんなもろもろを一挙に引き受けて、審査していく。そりゃあたいへんなことで、体力もかなり削られてしまうから、朝なんかぴくぴくして起き上がれないくらいなんだけど。でも自分でも驚くほど、やはりぼくの女子への興味は尽きないのだ。どんな女子を前にしても萎えることを知らない。女子という女子に突入していく意志がある。女子のからだと、その内面を透視するかのように凝視して。その女子が、きょう、この瞬間まで生きてきたことを感謝する。同時に、からだはそのひとを物語る。表情から、そのひとの両親を想像することができるし。どんな部活にはいっていたのか、とか。どんな口調で彼氏と喧嘩するのか。すべてではないけれど、なんとなくわかる。そして思いを馳せるのだ。ぼくの舞台に立っている彼女たちの姿、というよりからだを。ぼくが刻まれた未来を。

オーディション、嘔吐、嘔吐。

9日間つづいたオーディションの最終日の朝5時に。激しい吐き気に襲われて。嘔吐。嘔吐。嘔吐。オーディションは12時から始まる。ここまで、何百人もの女子をひとりひとり見てきた。30人くらいにしぼったところで、最終日。なんできょうにかぎって、ぼくは朝から吐きまくっているのか。ひたすら、胃からの逆流に、まくし立てられる。嘔吐。嘔吐。嘔吐。もう出るものもない。出るものはないのだけれど、まだ出ようとするのは、何故？

やっとのおもいで家を出て、会場へ向かう。これはたぶん、たくさんの女子たちの怨念だ。ある女子は、ぼくの顔写真をネットで拾ってプリントアウトして、壁に貼って、そこへダーツを投げつけているのだろう。ぼくはもしかしたら、女子に刺されて死ぬのかもしれない。だから夜道は気をつけよう。そんなことを想像しながら、オーディション会場にギリギリ間に合った。今回のオーディションはとにかく過酷だ。とにかく走ってもらうのだ。ぼくの演目のなかでも、この演目は特にからだをつかう。走ることに慣れていない女子は、息があがる自分のからだに驚いてしまい、涙を流しながら過呼吸になる。倒れこんで、背中にどんどん酸素がはいってきてしまうのだろう、痙攣《けいれん》しているようにも見える。

この期間中、何人ものそんな姿を見てきた。過酷なことをさせているなあ、とわかってはいるけれど。ぼくは極限まで動いたあとの女子のからだがなによりも好きなのだから、しょうがない。そりゃあ、呪われる。刺される。彼女たちの異常な呼吸。吸って、吐いて、のリズム。声にならない、声。化粧もぜんぶとれたあとの、火照った顔。背中が膨らみ、しぼむ。膝には乳酸がたっぷり。腰が徐々に引力に負けていく。このぜんぶにぼくは潜って、浸りたい。そして溺れたい。体力に抗えなくなった女子の、停止寸前のからだの。しかしたしかに生きている、呼吸。まだ走ろうと、筋肉を鼓舞してまた走る。うっとりするのだ、ひとにどう見られているかなんて気にすることができなくなるまで動き切った、彼女たちを見ていると。そんな彼女たちのいろんな想いみたいなのにあてられて。嘔吐。嘔吐。嘔吐。

鼻水たらして、ずびずび。

さいきん、鼻水に取り憑かれている気がする。いや、ぼくは一滴も鼻水をたらしていない。ぼくの鼻腔はすこぶる健康。たらしているのはまわりの女子たちだ。やたらと鼻水をずびずびするのだ。風邪が流行っているのか、なんなのか。演出という職柄、女優さんをよく泣かすのだが、泣かせば泣かすほど、ずびずびがきこえる。とにかく、原因はなんであれ、なんというかさいきん、鼻水に取り憑かれている気がする。こんなにも、いつもよりもさいきんは、あらゆるところから聞こえてくる。ずびずびが耳の奥にこびりつき離れない。頻繁に目につくそれに、敏感になったぼくは、鼻水女子という獲物に目を光らせる。音が聞こえた方向をキッと睨む。そして、気がついたのだ。これは、いま特別、鼻水に取り憑かれているわけではない。そう、ぼくは鼻水をたらしている女子をこよなく愛している。

おもえば、ぼくのなかであるラインがあった。そうだ、思い出した。女子の鼻水を吸えるか、どうか。そうそう、あれ。赤ちゃんの鼻を直接、口ですすってあげる母親みたいにして。女子の鼻水を吸えるか。ぼくは吸える。というか、吸えるとかじゃなく、吸いたい。しかもけっこう大抵のひとのなら、吸える。というか吸いたい。鼻水にこそ、そのひとの物語がつまっている。そのひとの中身で培養された、芳醇なウィルスに興奮する。

これは男子に言いたいのだけれど、女子の鼻水を吸えないなら、女子なんか愛さないでほしい。女子も女子でたとえば、「愛している」と男子に告げられたときにすぐさま、「え、じゃあ、わたしの鼻水吸える？」と聞き返してほしい。多くの男子は怯《ひる》むだろうが、マジな顔して聞き返してほしい。そして、どう返答していいのか言い淀む男子にトドメを刺してほしい。「なんで性交はしたいのに、鼻水は吸えないの？」と。ぼくはつくづくおもうのだ。性交みたいなことはできて、なぜ。鼻水は吸えないのか。女子の粘膜が決壊して流れ出ているのだよ？　女子のあらゆるいろいろが、透明の糸になって、外に出ようとしているなんて。なんて美しいのだろう。鼻水に、目を見張れ。鼻水に、取り憑かれろ。鼻水にこそ、未来がある。

最終日におもう、からだのこと。

今日は、ここ数ヶ月間、3人の女優とつくった作品の最終日だ。やっぱり、ぼくにとって自分がつくった舞台の最終日ってのは特別な想いがある。良くも悪くも、想いがある。

ぼくは終わることは好きではないし、終わり良ければすべて良しだなんて、そういう風にはなれないタイプだから、なんというか、終わることが悲しいとかやり切った、とかそういうんではなくて。でも特別な想いがあるのだ。舞台って、ほんとうにつくづくおもうのは、一瞬のことをやっていて。その一瞬が絶妙にはまっていかない限り、成功、だなんて感じることができない。一年中、こんなにも演劇作品をつくって、100回くらい公演しているわけだけれど、そのなかですべてが納得いくかたちで、成功。と呼べる公演なんて、ほんとうに1、2回しかない。だからとにかくほんとうにマジで、成功するには絶妙に噛み合わなければ、なのだ。その絶妙に至るために確率も上げていくのだが、やっぱり微妙に、そうもいかない。作品を重ねるたびに、理想は高くなり、求めるものもどんどん厳しいものになっているわけだから、簡単には成功しない。でもぼくは、ぼくらはその、ほんとうにマジで成功率が低いことへ挑んでいく。最終日まで闇雲に。からだを通して、言葉は発する。からだを通して、感情を炙り出す。つまり、最終日ってのは、そう。ここまで積み上げてきた、女優のからだを明日から見れなくなる日でもあるわけだ！　それをぼくはこの場で言いたかったわけだ！　女優とぼくはプライベートで特別な関係にあるわけではない。しかし、作品をつくるという名目で、ここまで、たとえば女優の彼氏以上に、女優のからだを見つめてきた自信がある！　なのに最終日を境に、もう積み上げてきたからだは解散して、女優は解き放たれて、もう散り散りになるわけなのだ！　こんなに悲しいことがあるだろうか。あの太ももの青い血管をもう見れない。背中のしなりを、もう見れない。痙攣したね、血を吐いたね、腰を壊したね、髪がでんぐり返ししたタイミングでゴッソリ抜けたね、ぼくに泣かされすぎて悔しくて歯を食いしばった瞬間に歯が欠けたね。はあ、終わらないで！　舞台よ！

雨降る、球根の朝。

咲いたのは、ピンク色のヒヤシンス。紫色が咲くのだとばかり、おもっていた。水栽培で育てている。根っこが見たかったから。白くて細いモヒャモヒャは、なんだかセクシー。見ていて飽きない。最初はジャムの瓶でよかったのだが、しだいに窮屈になって。瓶のなか、セクシーなモヒャモヒャはパンパンになって。ついに自殺未遂をしたのだった。

アタマが重くなって支えきれなくなったヒヤシンスはジャムの瓶もろとも。床に落下したのだった。ヒヤシンスの姿は、ヒョロリと。ぐにゃりと。全身が脱力したようなそんなかんじ。もう、生きる気力がないかんじ。ずぶ濡れだし。雨の日にマンションから飛び降りたみたいなかんじが残酷で。とても残酷で。胸が締めつけられて、泣けてしまった。そんなヒヤシンスを拾いあげて。まだ生きれる、まだ生きれるよ。と泣きながら拾いあげて。この時点でこのヒヤシンスのことを勝手に、おんなのこだと思い込んでいたことに気がついた。男子なら拾いあげないだろう。泣かないだろう。どうかんがえても、女子だ。ぼくを困らす女子だ。

「いまから死ぬから、死んでほしくなかったら、いまから会いにきてよ」とか言うタイプの痛い女子だ。愛している女子が、下半身から生やしたモヒャモヒャがパンパンになってしまったからって、自殺未遂をした。彼女が路上に叩きつけられて、ずぶ濡れになっている。まだ生きれる、まだ生きれるよ。彼女を拾いあげて。しかしジャムの瓶以外の瓶なんて、うちにはない。彼女の下半身のモヒャモヒャがちょうどよく、気持ちよくたゆたうことができる瓶がないなんて！　クソ！　なんてぼくは気がきかないんだ！　ぼくという男子は彼女のことをなんにもわかっていない！　結局、見つけ出したのは、ワンカップのガラス瓶。球根の部分がうまくはまりそうなサイズの、なおかつガラスなのは、ワンカップしかなかった。彼女のモヒャモヒャをワンカップにいれて。自殺未遂をした現場、棚のうえに戻してやる。青色のラベルのワンカップのうえに球根が、ぽかんと置かれて。にょきにょきっと伸びた緑色の先に、ピンク色。ワンカップと不釣り合い。でも、だからこそうつくしい。

スープを流し込んでも。

最近、料理をしている。去年、ふとした拍子に楽しくなったのだ。それまでひとつもしたことがなかった。ごはんも炊いたことがなかったし、野菜を剝いたり、切ったりもしたことがなかった。それがいきなり、楽しくなったのだ。なんでだろう、なんでかわからないけれど。熱中すると止まらなくなるタイプだから、最近はずっと包丁握っている気がする。

特にスープをつくるのが楽しいから、指先は常に玉ねぎの香り。オニオンスープを毎日。稽古場でもガスコンロを持ち込んで。毎日、こつこつ。玉ねぎを飴色になるまで、弱火で2時間以上。炒める。役者さんたちがウォーミングアップしている最中に、炒めている。ぼくの周りの役者さんたちは匂いに敏感だから、嫌な顔をする。そんな顔もいい。嫌味を言われる。嫌味もぜんぶ、なにもかも鍋のなかにぶち込んで。炒めて、煮込む。おまけに花粉の季節だから、なおさらだ。その鼻水の原因は？　涙の理由は？　玉ねぎかい？　花粉かい？

とにかく玉ねぎ臭い稽古場。消臭剤がばら撒かれたって、料理はやめないよ。だってぼくがつくったこれを、みんなに飲んでほしいからさ。いままで、なぜぼくが料理を避けてきたのかというと、料理をしてしまうと、このスタートボタンを押されてしまって、歯止めがきかなくなってしまうことが怖かったからだとおもうよ。そしてそのスタートボタンはもう押されてしまって、歯止めがきかなくなりました。ぼくがじっくりあたためてつくったスープが、役者さん、いや、女優さん、いや、女子のからだのなかに流し込まれる。女子の胃に、ぼくがつくったものが、しばらくの時間、潜伏する。そしていつか排泄される。ぼくはやっぱり女子のからだにははいれない。性交したってはいれない。もっとふかくはいらなきゃ知ることはできない。だから性交にはもはや意味がない。でもぼくがつくったものは、ぼくよりもはいることができる。料理をすればはいることができる、いままでよりも、もっと。だから怖かったんだ、料理をするのが。でもそれでもぶち当たることもわかっている。なにをしたって女子を知ることはできない。そんなことはわかっているけれど、でも。

あっこという女子。

「わたし、わたしのこと、かわいいとおもっているよ。いちばん、かわいいとおもってるよ」

そう、言い切った女子がいた。それが、あっこという女子だ。あっことは知り合ってから、もう長い。大学もいっしょで、ぼくの作品にも出演してもらっている。いちど、新潟に帰って1年間だけ学校事務をして、また演劇がやりたくて東京に戻ってきた。あっこがいなかったその1年間の空洞は酷かった。大学の卒業式が終わって、みんなで朝まで飲んで。そして新潟へ帰るとき、新幹線に乗りたくなくて泣くあっこが忘れられなくて。あっこ無しで演劇をやりつづけることが辛かった。しかし1年を経て戻ってきてくれた、あっこ。嬉しくてたまらなかったけれど、それからもいろんなことがあった。ぼくってこういう性格だから、あっこなんてもう、ぼくの舞台に出演しなくていい。ってことで、また1年間、距離を置いたこともあった。あっこがいたら、あっこに甘えてしまうからダメになるとおもったのだ。

あっこはアルバイトをきちんとできるタイプの女子だ。横浜の某有名弁当屋でアルバイトしている、あっこ。演劇がまたやりたくて、新潟から戻ってきたのに、出演させてもらえなくて、アルバイトの日々。公演の受付の手伝いをしてくれるあっこと、目を合わすことができなかった。

「わたし、わたしのこと、かわいいとおもっているよ。いちばん、かわいいとおもってるよ」。そう言い切った、あっこ。周りのみんなは大笑いしていた。あっこは決して、美人ではない。でも、あっこの目はマジだ。マジで、言い切った。「なんで、そう言い切れるの？」と尋ねると。「だって、そうおもわないと、両親に申し訳ないじゃん」と、あっこは言った。あのときの表情が忘れられない。妙に頷いてしまった。

あのとき、ぼくに突き刺さったものの正体は、誰しもに親がいる、みたいなわかり切ったことではないし、自分がいちばんかわいい、と言い切れる潔さだけではない。なんというか、あっこの内側のざらざらに触れたからだ。あっこに触れたい、たまには距離も置きたい、でも誰よりもいちばんぼくがあっこのことを知っていたい。

涙に伴う、目やに。むくみ。

ぼくがおもう色気とは、涙であり、それに伴う目やにであり、顔のむくみであり、つまり「いわゆる」のことではない。いわゆる色気を身に纏《まと》い、それを撒き散らしながら町を闊歩する女性の、それ自体には色気を感じることはない。ただ、いわゆる色気を放つ女性には燃える。燃える、というのは、その色気を引き剝がすことに燃える。その女性の、本当の姿。つまり、本当の色気を見たくてしょうがなくなる。化粧落としを、ぼくがしたい。そのあとの洗顔も肌のケアもぼくがするから、ぼくがしたい。除光液でマニキュア除去したい。一本一本、除去したい。そして偽りのない肌色になったあなたを見てみたい。一度、できることなら泣かしたい。花瓶を割るとか、軽く悪いこととして泣かしたい。翌朝の顔のむくみが見てみたいから。目やにたっぷりで寝ているあなたを見てみたい。そこにこそ、色気があるとおもうから。たしかにすべての男性がどう見たって、昼間のあなたは装備が完璧だし色気があるかもしれない。それどころか、周りの女性たちからしても、あなたは女性として尊敬に値するくらいの色気を兼ね備えている。


「なにそのイヤリング。どこのブランド？」

「なにそのニット帽。素材がやわらかそう」

「あえてスニーカー履いて崩しているんだね」

「指輪は大きめのパールなんだ。つくづく小物選びのセンスがいい！」


ぼくからしたら、そのイヤリングを着けていたら魔法にかからなそうだとおもうし、そのニット帽は剣を通さなそうだし、スニーカーは運動量を考えたら戦闘に向いていそうだし、指輪にはとてつもない力が秘められている。としかおもわないのだけれど。でもたしかにあなたは細かいところまで行き届いているし、いわゆる色気としてはすべてクリアしているよ。しかし、本当はそこじゃないのだよ。身ぐるみ剝がされ、荒野に立ち尽くす姿が見たいのさ。勘違いしないでほしい。ぼくがここで言いたいのは、メイクは極力しないほうがいいとか、ナチュラルな感じが良いとか、そういうんではない。むしろ、ナチュラル志向に傾倒している昨今の感じは好きではない。ヒールを履いた脚も好きだし、胸元ひらいたドレスも素敵だとおもう。束ねた髪の毛にも、強めのアイシャドウにも、巻き込まれてグチャグチャにされて、わけわからなくなってみたい。しかしでも、本当はそこじゃないのだよ。ぼくはやっぱり田舎者なのかもしれない。しかも極寒の北で育った、クソがつく、クソ田舎者なのかもしれない。醤油多めの茶色い料理をつくる手つき。煮物をグツグツ煮込む、霜焼けした祖母の手の甲。あれにだって色気を感じてしまう。ここまでやってきた、彼女の歴史。それに直面するとグッとくる。携帯電話を見つめながら泣いている女子中学生。カバンにはピカチュウのぬいぐるみ。子どもを叱りながら、涙ぐむ若い母親。子どものよだれかけは妖怪ウォッチ。喪服姿の老いた女性たちは、花柄のハンカチ握りしめながら感慨深げに話している。この日の、湘南新宿ラインは色気で充満していた。見知らぬ彼女たちの翌朝を想像してみるとゾワゾワするのだ。彼女たちの涙に伴う、目やに、むくみ。ぼくは絶対に見ることができない。絶対に見ることができないことにこそ、想像する隙間はあるし、つまり色気が詰まっている。全部見てしまうと、途端に色気は損なわれる。だから見えてしまっているイヤリングにもニット帽にもスニーカーにも指輪にも、それ自体には見せかけの魔法しかかかっていない。ひとの日々の何気ない仕草に、年輪を感じたりする瞬間がある。そこにこそ。

べっくべっく言いやがるオンナは。

ＢＥＣＫがアルバム『MORNING PHASE』をリリースしたから冷や冷やしている。気が気じゃない。これでまた、世の女性たちはＢＥＣＫを聴きながら惚《ほ》れ惚《ぼ》れと酔いしれて。しばらくのあいだ、ＢＥＣＫをオカズに過ごすことでしょう。どうにかこの状況をぼくが率先して変えていかなくちゃいけない。全世界の、とまでは言わないが。日本中の女性のみなさんに告ぐ。ＢＥＣＫなんか聴かなくていい。いや、ぼくもＢＥＣＫが大好きだ。高校時代から途切れることなく、かなりＢＥＣＫを聴きこんでいる。しかし、ＢＥＣＫというのは不思議なもんで。男性と女性で聴き方がまるで違うような気がする。というのは、ほんとうに個人的なことなのだけれど。過去にぼくが一方的に好意を持っていた女性がいて、彼女はぼくに対してはなんの興味もなくて、そして彼女は誰よりもＢＥＣＫを理想としていて。まったく勝ち目のない、しょうもない気持ちにさせられたことがあったからである。出会ったころは「わたし、ミシェル・ゴンドリーのPV集とか見るのが好きなんだよね」とか、ライトなニュアンスで言っていた彼女がだ。ある日、飲み会の席で「わたしのなかでBECKを超える存在はいままでだって、これからも。ぜったいに現れないんだよ」と言いだした。好きなのはミシェル・ゴンドリーじゃなくて、BECKだったのだ。「だから、BECKに限りなく近いひとじゃなきゃ付き合うとかできないわ」。居酒屋のトイレに駆け込んで、鏡のまえに立ってみる。BECKには程遠い自分の姿。まさにLOSERだ。BECKを引き合いに出されちゃおしまいだ。トイレから戻っても彼女はBECKの話をつづけていた。「BECKがたとえ体臭がひどくっても、わたしそれをとても受け入れることができそうなんだよね」。とても、ってなんだよ。真剣な顔で言うなよ、クソ。ぼくをその気にさせる前にBECKが好きだと明かしておいてほしかった。BECKが相手なら早いとこ切り上げてたわ。ベックベック詐欺だ、あれは。あれ以来、ぼくの部屋のCDの棚にはBECKのアルバムを見えやすい位置に配置して並べておくようにしている。部屋に遊びにきた女性がそれを見て、どう反応するのか確かめるためである。知らないひとならスルーするだろうし、それならそれでもういい。それで安心だ。ずっと知らなくていい。当然、薦めることもしない。「わあ、ＢＥＣＫじゃーん」なんて言う女性は危険人物と見なして、すぐさま尋問を開始する。「え、ＢＥＣＫ聴くんだ？　どこが好きなの、ＢＥＣＫの。いつから好きなの、ＢＥＣＫ。ＢＥＣＫのどのアルバムが好きなの？　というか、どれくらい好きなの？　ＢＥＣＫのこと。ちょっと言い表してみてよ。知ったかぶりは許さないよ。ＢＥＣＫの容姿が好きなの？　音楽が好きなの？　どっちなの？　返答次第では、君を一生この部屋に入れないからね」。このことをぼくはＢＥＣＫ裁判と呼んでいる。気味悪がられるかもしれないけれど、ぼくはもうＢＥＣＫが怖いのだ。あいつはぼくから女性を奪っていく。間違いない。にしても憎たらしいくらい、１曲目「ＣＹＣＬＥ」からして。とてもかっこよかったっす。

Wye Oakと、妄想の北へ。

Wye Oak《ワイ オーク》が新作アルバム『SHRIEK』をリリースしまして。これがとても聴き心地が良くて、さっぱりとした空気が流れている、まるで北国の初夏みたいな。最近買ったリュックと、このCD1枚だけあれば、どこへだって行ける。イヤホン、耳にねじこんで。いますぐ北へ、旅したいなあ。ぼくは北海道出身。だからか、夏はやっぱり北へ帰りたい。移動手段は、寝台列車でじわじわと北へ向かうのがいい。となりにいる女子は、麦わら帽子をかぶっていてほしい。すこし大きめの。そんでもって白いロングスカートだったらなお、よろしい。きっと、旅には楽そうなエスパドリーユを履いているだろう。女子のエスパドリーユを履いたあとにできるすこし痛そうなかかとの痕がぼくは好きだ。寝ている彼女の、ニキビがぽつぽつしている二の腕に触れたい。腕の毛は処理していなくてもいい。産毛よりもすこし濃いのがさわさわしているのを見つめているだけで、何時間だって過ごすことができる。車内販売のお姉さんがカラカラと現れる。呼び止めて、悩んだ挙句。ワンカップと柿ピーを買おう。なにか買ってしまったら、それっきり。別の車両に移って行ってしまうお姉さんのうしろ姿をまじまじと。欲情しそうになるすれすれ。ああやって制服をきちんと正しく着ているお姉さんが好きなのさ。ワンカップをちびちび飲んで、車窓の外を眺めてみると、いまは夜か。たまに蛍光灯の白が横から横へ、流れていく。眠たいけれど、寝るのがもったいない。すっかり寝てしまった彼女の前髪を上げてみて、額を。よく見てみると……ひ、額が産毛で埋め尽くされてる……！　なんていうか、なんだかぼくは知らないことだらけだな……。打ちひしがれる。ぼくは誰のことも、じつはなんにも知らない。窓の隙間から、外の冷気がすこしだけ。中に入ってくるようで、肌寒い気がする。ワンカップも飲み干しそう。夜が明けないかなあ、夜が……。いつの間にか、寝てしまっていたようで、起きると車窓からやわらかい光が射し込んでいる。隣にいたはずの彼女のカラダは無くなっていて、着ていた服だけが寝台に。人型になって置かれている。すっかり、朝だ。きっと、青函トンネルを抜けたくらいだろう。南のほうとはニュアンスがちがう緑色が、広大な緑色が。目に飛び込んでくる。カラカラと音がする。車内販売のお姉さんだろうか。廊下に顔を出してみると、カートだけがゆっくりと。自動で進んでいる。へー、あのカートってお姉さんがいなくても、一人で動けるのね。しかしどうやらぼくは、この寝台列車のなかでひとりぼっちになってしまったようだ。イヤホンはまだ、耳にしっかりとねじこまれている。12時間くらい乗っていたはずなのに、やっと最後の曲「Logic of color」だ。ということは、そろそろ下車するのかな？ここは北のどこだ？ぼくの地元？それとも、見知らぬ国……？……えっと、これはすべて『SHRIEK』を聴いた感想。および、妄想です。

マニックスは誰のものでもない。

G-SHOCKが欲しいなあ、なんて。もう何ヶ月もおもっているわけだが、まだ選びにも行けていない。もう夏だし、サンダルでも欲しいなあ、なんて。おもっていても、今年もサンダルなんて買わずに夏が終わるのだろう。さっきまで熱かったはずのピザは、机のうえで冷えきっている。あんなにピザが食べたかったのに、一口食べたらもう飽きた。そしてなにより、このピザをここまで運んできた人の顔が思い出せない。なんという速度で、ぼくは人の顔を忘れるのだろう。最近買ったリュックサックが、あんまり気に入っていない。気に入っていないけれど、でも。つかいつづけるのだろう、ボロボロになってつかえなくなるまで。自分なんてけっきょくのところ、そんなにさほどこだわりがない人間なのだ。「いま、この瞬間に。レゴブロックがなくちゃ生きていけない。はやく町シリーズを組み立てて、出来あがった町を俯瞰《ふかん》したい」と、こないだ。気になるあの子に訴えたけれど。

なんだかんだで、レゴブロックが無くたって。町を俯瞰しなくたって、生きていけている。その、気になるあの子には彼氏がいるらしいけれど。なんとかどうにかならないものだろうか。いや、ならないだろう。人はそんなに簡単に人と別れることができない。Manic Street Preachersの『FUTUROLOGY』が素晴らしかったのだけれど、気になるあの子はこの素晴らしさがわかるだろうか。G－SHOCKを小学6年のころ、父親に買ってもらったことがあったのだが。修学旅行に行っている最中に失くしてしまった（そのことは、未だに父親に言えていない）。気になるあの子はサボサンダルを履いている。くるぶしが擦れて、赤くなっている部分が見えるから絶妙なんだけど（そのサボは、誰に買ってもらったサボなの?·）。このピザだって、ぼくひとりで食べようとしたから一口しか食べることができなかったんだ。あの子がいれば、机のうえで冷めたりはしなかった。（あのピザ屋さんの顔を忘れるみたいにして、いつかあの子の顔も忘れることができるだろうか）。この気に入ってないリュックサックにあの子を詰めてしまいたい（ボロボロになるまでそこにいて?·）。魔法であの子をレゴブロックの人形にしてしまいたい（そしたらお城シリーズの幽霊城に閉じ込めるんだ）。朝起きたら、あの子の彼氏の顔が自民党の石破茂とまったく同じ顔になったりしないかなあ（あの子は自民党が嫌いだから）。彼氏がいたってなんだって、あの子を獲得したい。あの子を所有したい。それで、あの子を欲求したい。あの子とだったら欲求は、尽きることがないだろう。でも、あの子は獲得されない。獲得できない。所有されない。所有できない。身勝手な欲求も、さらりとかわす。そういう自由なところがいい。まるでManic Street Preachersのような自由さ。気ままさ。Manic Street Preachersは誰のものでもない（あの子はManic Street Preachersを聴いているかな？･･）。ぼくはあの子に触れたくても触れることができない。だって、彼女も。誰のものでもないのだから。

きおく

CHAPTER 2

20代の「いつか」について。

ぼくのことは、ぼくにしかわからない。誰になにを言われても、それを聞きいれることはできない。ぼくに足りないものは、ぼくが一番知っている。でもぼく以外は知らない。だからその指摘はなんの意味もない。指摘できるほど、あなたはぼくを知らない。あなたはぼくを知らないから、ぼくまでなにも届かない。いつか、なんだって叶うとおもっていた。いつか、誰にだって追いついて追いこすのだと信じていた。ぼくにしかわからない、ぼくは。いつか、この世界でなんだって手にいれるのだろうとおもっていた。しかしそれは、やっぱり「いつか」のはなしだった。「いつか」って、いつ？　ぼくはぼくに問うていた。10代よりももっと偏屈な20代って時間のなかで。「いつか」って、いつ？　誰に指摘されるよりもキツい。ぼくが、ぼく自身にこうやって問われるのは。「いつか」って、いつ？　出口がずっと見えなかった。「たしかに上の世代よりも、いまはお金というものを持っていないけれど、どうやら時間というものはお金とちがってみんな等しく与えられているようだから、時間というもののなかに、なにをどうやって詰めこんでいくのか、でしょ。上の世代はさあ、今夜も余裕かまして、寿司食って、女子と寝て、夢のなかではデカい犬なんかと遊んでたりするんだろうけどさあ、おれは上の世代が寿司食ってる最中、音楽聴くし。女子と寝てる最中、古い小説読み漁るし。夢なんか見ないね。デカい犬になんて興味ないね。上の世代がすやすや寝てる最中、おれは寝ないで思考を止めないよ。そしていつか追いつき追いこすよ」みたいな屁理屈を周囲に撒き散らして。漠然としたもやもやを、上の世代のせいにして。なんとか自分を保っていた。「いつか」って、いつだろう。

＊＊＊

深夜、町を歩く。わりと頻繁に。けっこう、ながい距離を一晩中歩く。すこし疲れたらコンビニで缶チューハイを買って、飲みながら歩く。ひたすら歩く。夜のヒカリ。工事現場の点滅。ブラックとオレンジのボーダー。巨大なブルドーザーのイエロー。空に突き刺さったようなクレーン車。白く照らされている。立ち入り禁止の網目を、指先で触る。スケートボードに乗った2人組に追い抜かされる。アスファルトをこする音が気持ちいい。ぼくと同い年くらいだろうか。笑いながら、暗闇に消えていく。朝まで滑るのだろう。高架下の落書き。ホームレスの匂いと、牛丼屋から漏れる油の匂い。いろんな匂いが混ざりあって、町中に漂っている。泥酔した女子。隣にいる男子の、いやらしい目つき。あなたたちも、20代？　真っ赤な吐瀉物《としゃぶつ》が青信号の点滅に照らされて、いまにも動きだしそう。横断歩道のボーダーのうえに、ハトの死骸。そこらじゅうに羽根が散らばっている。タクシーの運転手がいまにも死にそうな表情をしている。夜の呼吸をしていた町は、やがて朝の呼吸を始める。空が白んでくる。みんな、ヒカリにやられている。毛先のほうだけ金髪の、もうずいぶんほったらかしにされたような金髪の、高いヒールの女性。化粧をしたまま涙を流した、一本の黒い跡。朝のヒカリが眩《まぶ》しそう。20代だったころ、憶えてる？　え、もしかして、20代？　どっちだっていいけど、あなたの不安定な姿はとってもキレイ。はあ、歩くの疲れてきた。缶チューハイもなくなりそう。スニーカーもすり減ってきたのかもしれない。朝の濁ったヒカリ。そうか、ぼくもいつまでも20代じゃない。もう少しで30代じゃないか。この10年、どんな反抗をしてきただろう。どんなことに葛藤してきただろう。

＊＊＊

「いつか」って、いつ？　ぼくたちの「いつか」って、いつだろう。上の世代を見つめながら、彼らと同じようにはならないように、彼らとはちがうことをやってやろうと、20代って時代を生きてきた。彼らにはなりたくなかった、ぜったいに。彼らとはちがうやり方で、自分ってものの輪郭をつくろうとしてきた。でもほんとうに、いままでの誰でもない自分として、生きていただろうか。「いつか」なんてやってくるのか？　むかしからつづいてきた、おおきな流れがあるとして。けっきょくのところぼくも、その流れのなかを泳いでいるのではないだろうか。これからは、ぼくのようにはならないように、ぼくとはちがうことをやろうとする、さらに下の世代が現れるだろう。だとしても、そいつらだって、けっきょくのところ、いくら反抗したって、所詮。おおきな流れの一部でしかないのではないか。でも、でも、でも、ぼくのことはぼくしかわからない。そう信じたい。ぼくしかぼくを指摘できない。あなたの指摘はぼくには届かない。これからもひとりで行く。たとえおおきな流れのなかだろうと、ひとりとして泳いで行く。深夜、缶チューハイ持って歩くようにして歩いて行く。いろんなヒカリを見つめながら。行き交うひとを見つめながら。異臭だって、なにもかも嗅ぎとりながら。あのスケートボードのスピード。空に突き刺さった、あのかんじ。

あの真っ赤な吐瀉物。あのひとの涙。やっぱり、夜は明けて、朝はやってくる。濁ったヒカリ。ぜんぜんそこに見えてこないミライ。いつか訪れる「いつか」に向かって。あのころ、手にいれたかった「いつか」に向かって。これからも闇雲にありとあらゆることに反抗しながら。葛藤しながら。あたらしい世界を「いつか」。自分の手で。

昼下がりの如雨露。

とても天気がよくて暑い日の、雲ひとつないようなそんなかんじの、地面からの照り返しがキラキラしている昼下がりに、アスファルトに水撒きをしている女性がいて、彼女は如雨露《じょうろ》で、すわわわ、と撒いては湿らせていた、熱くなったアスファルトに落下する無数の水滴たちはすぐさま蒸発して湯気になる、ふわふわ、とたゆたって蜃気楼になって、ぼくの画面をゆらゆらさせる。そして思い出すことがあった。あのころ、毎朝、朝顔に。如雨露で水をやっていた、あの子のこと。あの子はいま、なにをしているのだろう。あの町にいるのかな、それともぼくが知らない町にいるのだろうか。あの子のことは、こうやってたまに、ふとした拍子に思い出すことはあるけれど、思い出すだけで、これからいくら生きたって、ぼくとあの子のふたりだけの時間はあそこで止まっていて、更新されることはもうないだろう。

＊＊＊

アスファルトに水をやる女性は柔らかそうでたっぷりとした麦わら帽子をかぶっていて、白いブラウス。真っ青なロングスカート、薄い素材。ひかりに透けて、足が細いのがわかる。靴はエスパドリーユで、靴下は履いていない。ということは彼女のお家はすぐそこのベージュ色の壁の、あれだろう。エスパドリーユをつっかけみたいにして履いていているから。彼女はきっとネコの置物をお家のなかのそこかしこに置いているに違いない、誰かを招くときはラベンダーの香りのお香を焚くだろう。それできっと、得意料理はパエリアで、こないだ駅ビルにはいっている1回限りのお料理教室で、パエリアを焼くことができるオーブンを買わされたに違いない。ここまで妄想が行き着いて、そしてまた、あの子と彼女を重ねてしまう。

＊＊＊

あの子はたしか、転校をしてしまったのだった。朝顔も、飼っていたネコも置いて。すこし離れた町に転校をしてしまったのだった。朝顔に如雨露で水をやりながら、逆光のなか、よく見えないあの子の顔は、でも笑っているようだった。そしてぼくにこう言ったのだっけ。

「ネコはばあちゃんちに置いて行くことにした、でもばあちゃん、ネコがあんまり好きじゃないんだよなあ」

如雨露で湿らされたアスファルトの蜃気楼でゆらゆらする、白いブラウスがレースのカーテンみたいに揺れている、真っ青なロングスカート、そうそう、ぼくの部屋のカーテンは真っ青だったよ、青はコドモの潜在能力が引き出される色なんだってさ、だから親がそうしたんだよ、でもぼくは親に期待されたことなんて、なにひとつできなかった、ひかりに透けたカーテン、また朝がきてしまって、それがとてもこわくって、泣いてしまったことがあった。なんだか、思い出すなあ、この女性を見ていたら、あのころのこと、おばあちゃんのかかと。水分がひとつもなくて、ひび割れしていた。湿らせて、その如雨露で、そのアスファルトみたいに、すべてを湿らせて。

かかとがずぶずぶなひと。

この季節になるとよく見かけるUGGをはじめとするムートンブーツだが、あれをずぶずぶにぐすぐすに履いてしまうひとがいる。雨の日にあのもふもふを履いてしまうひともいる。あれは酷い、中身のにおいがおもいやられるし、染みわたっているであろう水分はもふもふをも浸しているはずだ。エスプレッソを染み込ませたスポンジケーキのようになっているだろうとおもう。ティラミスの底みたいになったムートンブーツが街中を歩いていると想像してしまう。それらにマスカルポーネのクリームを敷いてしまいたいところだが、そうもいかない。だって彼女らはなんらかの判断で「いいや、きょうもこれを履いてしまえ」としているわけだから、むしろぼくはそこに興味がある。

なぜそれを履こうと選択したのか。いや、寒い冬だ。あれが温かいのはわかる。ぼくは雪国で育った。冬なんて氷で滑らないように、靴底にスパイクが装着されているのを履いていた。実用性をとって、あのもふもふなのかもしれないとおもうと共感してしまってならない。しかしたぶんあれがトレンドなのだとして、しかもずぶずぶにぐすぐすに履きつぶしているのに、なお。あれを履いているのは何故なのだろう。もうすこし考える必要がありそうだ。

階段やエスカレーターなどで目のまえに、あのかかとが潰れたままのあれが現れる。内側に擦り減ってしまっているひとと、外側に擦り減っているひとの2通りいるけれど、このひとは内側に擦り減ってしまっているタイプだ。もともとは、ベージュだったのだろう。色はだいぶ煤《すす》けている。雨の日も当然のように履いているように見受けられる。エスカレーターを降りる。サイズ感が微妙なのか内側でかかとの位置が定まっていない様子でうしろから見ていると、ぐにぐにとかかとを踏みながら歩いているように見える。やや、体格の良いひとでもあるのだが、あのぐにぐにさ加減は半端じゃない。ぐにぐにと女性は、改札を抜けた。ああ、今日も女性は出勤なのか登校なのか。いや、ただどこかに遊びに行くだけかもしれないが。なぜだか、ぼくはそのぐにぐにの女性を送り出すような気持ちになってしまい、敬礼しそうになる。

湘南新宿ラインでの化粧。

湘南新宿ラインに乗っているとよく目にすることなのだけれど。朝の、すこし通勤ラッシュが収まってきたころに、ぼくはいつも新宿から乗るのだが。渋谷あたりを越えたくらいで、それまでたぶん「すっぴん」に近いかんじだとおもっていた女性が、突然。化粧を始める。普段、ぼくは横浜で舞台稽古をしているから、湘南新宿ラインはかなり利用するのだけれど、たしかに武蔵小杉を越えたあたりの横浜へ向かっていく車窓の外の景色も、なんとも言えないかんじで好きといえば、好き。だけれど、湘南新宿ラインの魅力、というか醍醐味は景色じゃなくて、この光景だとおもうのだ。

女性が、突然。化粧を始める、手際よく。繊細な手つきで。女子高生とかの拙いかんじじゃなくて、その手さばきに惚れ惚れしてしまうくらいの。すべて的確なのだろう、どのラインも訂正することなく、顔の隅から隅まで描きあげた。さいごに髪をキュッと結びあげて、おくれ毛をまとめるためのスティックのりみたいなワックスをシャッシャっと塗って、すべてを仕上げた。神々しい……拍手したかった。

湘南新宿ラインとは、宇都宮線や高崎線や東海道線に直通していたりとか、なかなか長い距離を走行する鉄道でもある。そういえば、ぼくの祖母の家（ちょうど1年くらい前に取り壊されてしまった）は群馬県の前橋市にあったから、そこから東京に帰ってくるときは湘南新宿ラインを利用していた。だからたしか、高崎駅で湘南新宿ラインに乗るときに、小田原行きとか、大船行きとか、そういう文字を見て「あ、そんなとこまで行くんだ」と驚いたのを憶えている。そして、車内で化粧を始める女性のはなしに戻ると、妄想してしまうのだ。その女性は、座席に座っている。通勤ラッシュが収まってきたころだとはいえど、まだすこし混んでいる車内で座れているということは、だ。きっと、群馬とか栃木からこの電車に乗り込んだ女性なのではないか。朝早くに「すっぴん」で電車に乗り込んで、それでこれくらいの時間帯に渋谷あたり。彼女はそれまで倦怠そうに寝たり起きたりを繰り返していた、そして渋谷あたりを越えたあたりで背筋を伸ばして化粧を始めた。たぶんこれは、毎日このリズムなのだろう。

のんちゃんっていう、おんなのこ。

さくら幼稚園ってとこに通っていた（さくら幼稚園はいまはもう、無くなってしまった）。クラスはきいろ組。ぼくは4月生まれだから早生まれの子とかに比べて背が高かったとおもう、背の順ではうしろのほうだった。その背の順の一番前には、ゆうくんっておとこのこと、こずえちゃんっておんなのこがいた。ふたりとも早生まれだからクラスでいちばん背が低いのだと、そのころから理解していた。ゆうくんともこずえちゃんとも仲が良かった。

それでそのぼくとこずえちゃんが年中組のときに生まれたこずえちゃんの妹の、のんちゃんについて、なのだけれど。のんちゃんとぼくらは5歳の年の差があって、つまりぼくらが小学6年生のときの1年生に、のんちゃんはいたはずで。正直言って、のんちゃんとの記憶はかなり薄い。こずえちゃんの家はさくら幼稚園のすぐそばにあって、ぼくと弟はこずえちゃんちによく遊びに行っていた。弟の同級生にくにちゃんっておとこのこがいて、くにちゃんはこずえちゃんの弟であり、のんちゃんの兄である。だからそんな縁もあって、こずえちゃんちによく遊びに行っていた。

遊びに行くと、のんちゃんはまだ赤ちゃんで、歩くようになってからは基本的にパンツ一丁でぼくらの周りをうろちょろとしていたのを憶えている。いつもビニールのプールにちゃぽんと浸かって落ちついた表情をしていた。ぼくの記憶のなかでは、のんちゃんは喋っていなかった。いやもちろん喋っていたんだとおもうけど、それよりも年上のぼくらが言っていることに耳を澄ませていたし、ぼくらをジッと見つめていた。のんちゃんの周りには、なんともいえない不思議な時間が流れていた。そんなのんちゃんと、こないだのお正月に帰省したときに再会したのだった……。のんちゃんたち兄妹がうちに遊びに来た。なんか、なんだろう、戸惑った。再会のはずなのに初対面のような気がして。なんか普通に喋ってるし……！　戸惑いながらも会話していると、彼女の周りに漂う空気がどこか懐かしい気がした。だからあれはやっぱりのんちゃん。パンツ一丁にはならないだろうけど。ビニールのプールには浸からないだろうけれど。まぎれもなく、23歳の、のんちゃんだった。

吐くまで飲んで、サイコメトラー。

道端に倒れこんでいる酔っ払いをやっぱりたまに見る。常識的なことをあえて言うならば、お酒はほどほどに飲むのが美味しいし。よっぽどのことがないかぎり、自宅以外で泥酔するまで飲むのはよくないですよ。と言っておきたいところだが。

カラオケ店でアルバイトをしていた時代があった。そこで毎晩のように見知らぬ誰かがトイレや店内で嘔吐した、その吐瀉物を処理していた。さいしょは、見るのも嗅ぐのも、ましてや触るのなんて。とうぜん、気持ちが悪かった。しかしその業務も淡々とこなすことができるようになっていき、いつしかなんともおもわなくなっていった。深夜のカラオケ店はある意味、居酒屋よりも酔っ払いが多い。なぜなら、とても単純なことで。9割以上の客は、飲んでから来店するからだ。そして、質の悪い焼酎で割ったチューハイだのなんだのを飲み放題にして歌いまくるんだから、そりゃあ、吐くわな。ってかんじだ。

そんな日々を送っていて、とある芝居の打ち上げに参加したときのこと。飲み会も盛り上がっていたときに、後輩の女子がトイレに行くまえの廊下にて、吐いてしまった。彼女が飲んでいたカシスなんちゃらで床は赤く染まった。彼女は倒れこんでしまって具合悪そうにしている。まわりは、吐きだされた「モノ」に慣れていないのか、戸惑った表情をしている。その女子はべつにみんなから好かれるタイプでもなかったし、気が利かないかんじの女子だったから、なおさらなのか。

吐瀉物に慣れているぼくが率先して、その「モノ」を片付けた。いつもの処理と同じく、手にビニール袋を被せて始めたのだけれど。彼女が吐いた「モノ」に触れた瞬間だった。不思議な感覚に見舞われた。ついさっきまで、この「モノ」は彼女のなかにあって、この「モノ」の温度は彼女の体温そのもの。温もりが指先に伝わる。なにかがぼくのなかを、びびびっと走る。カラオケ店での吐瀉物たちとはちがう……温もりがちがう……なぜだか愛おしい……もしかして……この後輩のことが好きなのか……好きなのではないか……触れた瞬間のこのかんじ……まるで……サイコメトラーＥＩＪＩ……！　恋のはじまりが吐瀉物というのも、よいのかもしれないですね。

窓際のスパッツちゃん。

顔も名前も声もぼんやりとしている女子のことを思い出そうとしてみる。ただし、憶えていないというわけではない。記憶においての視界の片隅に彼女たちは存在していて。だからあのころのぼくはたしかに彼女たちを見ていた。だから憶えているはずなのだけれど、しかしどうしてもぼんやりとしている女子がいるのだ。記憶のなかでマークしている女子が3人いる。その3人のことを具体的に思い出そうとたまに必死になるのだが、なかなか解像度があがらない。3人には共通点がある。というのは、3人ともたしかクラスでやんわりといじめられていた。当時流行っていた、というか女子なら一度は穿いたことがあるのでは。というくらいの、膝上の丈の「スパッツ」。そう、「スパッツ」だけを穿くのが流行っていた。しかも配色は、蛍光グリーンとかショッキングピンクとかそういうの。華奢な身体に対してだいぶおおきめのTシャツを着て、発色のよろしい「スパッツ」を穿いて。そしてランドセルを背負って登校する、みたいなスタイルの女子たちで溢れていた。思い返してみると、あれってなんだか艶めかしいというか。陰部のカタチを露骨にするというか。下半身の発育と共に伸びてしまって、はち切れんばかりになった「スパッツ」は見るに堪えないものがあった。あの3人も、たしか「スパッツ」を穿いていた。ひとりは、その自分が穿いていた「スパッツ」に手を突っ込んで、陰部をぼりぼりと掻くのが癖の女子だった。もうひとりは、太字の油性マジックペンで名前が書かれている「スパッツ」を穿いた女子。文字は滲んでいて、それがまた滑稽だった。さいごのひとりは、スカイブルーの「スパッツ」を穿いていた女子で。小学5年のいつだかのこと。そのスカイブルーの「スパッツ」が赤く染まって紫色になった。

その子は教室の隅っこ、すなわち、窓際で泣いていて。先生たちは彼女を慰めている。その子の席を見てみると、椅子に血のような赤色がこすりついている。そのころのぼくは、その血がなにを意味するのかわからなかった。でもこの日を境に、彼女はクラスですこし浮いた存在になってしまった。窓際の彼女の、顔と名前と声を。ぼくは忘れている。こうして、どんどんいろんなことを。これからも忘れていく。

ひっこしとおんなのこ。

いまさっき、引っ越しがおわった。引っ越しの準備をしていると、つぎつぎと。どこから湧いてくるのやら。思い出の品々がでてくるので、それらをいちいち見つめていると、キリがなくて。しかも、息苦しくなってくるモノも多々あるもんだから、たいへん！　捨てることができないタイプのぼくは、立ち止まってはかんがえて。立ち止まってはかんがえて。捨てよう捨てよう、とするんだけれど。

いつだかに5歳のおんなのこにもらった、クラゲなんだか宇宙人なんだかわからない。手作りのブローチなんかを見つめていると、もう遡っちゃって。彼女は、いま小学1年とかで。春からは、2年生か。それだけで、もう泣けてきちゃっていけない。だから、やっぱり住んでしまうということは、その場所に物を増やしていくということ、なのだ。1ヶ所に、長く住んではいけないなあ。と、おもう。長く住めば住むほど、捨てられないモノが数として増えてしまう。これからは、細々と引っ越しをして。

そのたびに、捨てて捨てて清算して。なんて、おもうのだけれど。でもそれは、長さの問題でもないかもしれなくて。長く住まなくても、場所があるってだけで、そこにはなにかしらの感情みたいなものが宿ってしまう。

この部屋には、4年住んだ。風呂なしのアパートで。トイレは和式だ。それでも、日当たりが良くって、磨りガラスがきれい。とても気に入っていた部屋だった。窓を開けると、すぐ目のまえに小学校の校舎が見える。お昼になって「となりのトトロ」のメロディがおおきな音で鳴ると、小学生たちがわんさか庭に出てきて遊んだりする。そのなかにひとり、気になるおんなのこがいた。彼女は朝顔に水をやったり、その如雨露で遊んだりとか。ひとりでいることがおおいようなかんじで。帰るときも、彼女はいつもひとりだった。つま先ばかり見つめながら、ゆっくり歩いていく。彼女がかんがえていることを想像することが、たのしかった。話したことがないし、これからも話さないだろうから、それもちょうどよかった。引っ越した当時、彼女が1年生だとしたら。いまは4年生か。さいきんは、彼女のことを見なくなった。庭で遊んだりとか、しなくなったのかな。こんな気持ちも含めて、引っ越すのだ。

春とひっこし、死にたいくらい。

春なんて季節はろくでもない季節ですよね。誰かと別れたりとか、出会ったりとか。めんどくさいことが、てんこもりです。それらは、しかも輝かしいものではないから、もう踏んだり蹴ったりです。誰かと別れることも、それなりに体力がいることだし。ましてや出会うことなんて、めんどくさいだけの旅路の始まりです。だから、出会わなければいい。出会うということは、あるゴールに向かって歩みはじめてしまうことだから。

あるゴールとは、別れのこと。それは些細なことがきっかけでなんとなく別れていく別れかもしれないし、死別かもしれない。出会わなければ、そういうありとあらゆる別れに立ち会わなくていいのに、じゃあなぜ、ひとはひとと出会おうとするのか。春という季節は、そういうことの総決算の季節。無ければいいのに、こんな節目。一生、なんの節目もないまま、誰かと別れたり出会ったりしないで、ひとりで死ぬまでのゴールに向かっていくような、そんな生き物でありたかった。そんな生き物だったならずっとひとりでよいし、死ぬことを死ぬこととして定義しなかったかもしれない。死ぬということは、他人がいるから死ぬことになるのであって、そもそもひとりだったなら死ぬことも死ぬことではないのかもしれない。やがて動くことができなくなり、停止する。ってだけの無機質な死を迎えたかった。

引っ越しのときに、ゴミや荷物が外に運び出されていくところを眺めていて。自分ひとりという単位の重さに気づかされた。ぼくひとりしか住んでいない部屋にこれだけの物たちが……部屋が自分のからだとして、その中身がドバドバと外に出されていく……どんどんからっぽになっていく部屋を眺めていたときの虚無感……ああ、たったいま、死ににいっているのかもしれない……。

ベッドやテレビ、冷蔵庫。たくさんの物をゴミ処理場にて、捨てた。いらないもの全部で246キログラム。自分ひとりって規模を想った。6年間くらいつかったベッドがズタズタに刻まれる。ぼくのゴミを処理しているおじさんの足元に、ひらひらと紙のようなものが落ちる。いつだか、あのおんなのこにもらった手紙だった。

肺活量の乏しさは武器でしかない。

「のどに粉が貼りつくんだよね、このクスリ」

なんて言った、あのこはいま、なにをしているんだろう。あのこはたしか、ぜんそくみたいなかんじで。アドエア、っていうシュコーって吸うタイプのクスリを常備していた。アドエアは、まるいカタチをした浅田飴の缶みたいな、ちょうどあのサイズのプラスチックでできたもので。カチッとすると、吸うところに粉が補てんされて、それを吸うみたいなかんじのものだ。グーニーズの主役のあいつが持っているのよりも、もうちょっと近代的なかんじの。あれを常備していたあのこ。もちろん、声はちいさくて、ぼくはその声をきくのがたまらなく好きだった。ぼくだけが聞き分けることができる音みたいで、それがよかった。

いつだかマクドナルドに行ったときも、店員さんは彼女の注文が聞き取れないみたいだった。モスバーガーに行ったときも。フレッシュネスバーガーに行ったときも。

サブウェイになんか行ったときなんかは、とても苦戦していた。玉ねぎ抜きで、と言っても、玉ねぎいれられそうになっていた。それをあえて、手助けしないのも好きだった。意地悪をしているわけではない。彼女の、彼女の口から微かに出たとたん、すぐに落下していってしまう音たちが。こぼれていってしまうみたいで、かわいくてしょうがなかったのだ。

ずっと眺めていることができる「音」ってあるとおもう。あのこと出会って、ぼくの「音」へのかんがえかたが変わった。ちいさいけれど、奥行きがある「音」。そういう「音」に彷徨いたい。女優にも求めてしまう。べつに全員が聞き取れなくたっていい。上演時間内に、客席のなかのひとりとだけ結ばれる「音」を出すことができればいい。ひとりと添い遂げてしまうような「音」が欲しい。

あのクスリ。上手く吸い上げることができなくて口のなかに残ってしまったら、口内炎ができてしまうらしい。

「わたし、肺活量もないからさ。上手く吸えないんだよね、クスリ」

口内炎が痛そうにハンバーガーを食べる、彼女はいま、なにをしているんだろう。

口元がだらしないのがいいとおもうの。

笑いながら、同時になにかを食べているから、口からぽろぽろと食べものが落ちてしまう女子がいて。そんなもん許されるとおもうなよ、なんておもうけれど。一方で、しかしそれがどうしようもなく愛おしくおもえてしまうときもあって、そういうどっちつかずの自分がわからなくて混乱してしまうときがある。

そういやいつだか、ぼくの布団のうえで納豆を食べている女子がいた。あれはなんていうか、それまでの自分の常識を覆すようなシーンだった。布団のうえで納豆を食べる、という光景はとても恐ろしいものだった。それは、納豆という食べものを寝る場所で食べるなんて……みたいなことではなくて。そういう発想がぼくにはなかった。ぼくは彼女が布団のうえで納豆を食べるのを止めなかった。お行儀が悪いよ、なんて絶対に言わなかった。それどころか彼女の口元を、納豆を1パック食べ終わるまでの数分間、無言で凝視してしまったのだった。恐ろしい、というのは、神々しいに近かった。そのころの「ぼくの布団」は一年中、部屋に敷かれていて。万年布団というのでしょうか。座布団の代わりにもなっていたし、なにをするにせよ、その布団のうえで、だった。だからそのうえで納豆を食べることなんて、彼女にとってはそんなに変なことではなかったのかもしれない。しかし、ぼくにはなかった、ぼくにはできないであろう所業を、彼女はぼくの目のまえでやってのけたのだ。その姿は勇敢にもみえたし、後光が射すようなかんじで神々しかった。

彼女の口に、納豆の一粒一粒が糸を引きながら運ばれていく。そのねばねばの糸が、たまに落下したのか、ふと見えなくなる。彼女はぼくの布団のうえであぐらをかいている。如来かとおもった。納豆を食べる如来。彼女はしかもよくしゃべるので。いつ、口のなかにはいった納豆がぽろぽろと外にでてくるのか、わかりゃしなかった。しかし絶対に注意なんかしない。注意した瞬間に、そこまで構築してきたものが崩れ去る。そういう冷や冷やも含めて、いや、冷や冷やなんてしてなくて、むしろ期待していたのかもしれない。彼女の口から納豆が落ちてくるのを……。その時間のすべてが愛しくて……。

パックしたまま、イカ食う女子。

松本に公演しに来ている、川上未映子さんのテキストをぼくが演出するという企画で。このあと、京都、大阪、熊本、沖縄まで行って、そして東京に帰ってくる。予算がものすごく限られているツアーなので、すべての荷物をハイエースに積んで、それを自分たちで運転して全国をまわりきる。

それで、松本でのこと。ぼくらが泊まっている宿は、1部屋で1泊1000円の、宿というか、ただの布団だけ置かれてある部屋なのだが。1人1000円じゃない、1部屋1000円。だから何人泊まったって、1000円。男子と女子の2部屋を借りていて、松本には2泊するから、松本でつかう宿泊費は、なんと4000円だ。しかし、この部屋には風呂がない。そして、夜はとても寒い。あとで知ったのだが、女子の部屋には石油ストーブとホットカーペットが設置されていたらしい。

男子の部屋に泊まるのは、ぼくと、ぼくと同い年の石井くんだ。石井くんは今回、運転手を務めてくれている。松本に着いたのは、深夜2時を過ぎたくらいだった。一同、荷物といっしょにハイエースに乗ってきたもんだから、くたくたで。部屋にはいったときに、まず目に飛び込んできたのは、シンクのうえに置かれた四角い箱である。それは、どうやらクッキーの箱らしく、その箱には直接「さえちゃんへ　のこりものですが、どうぞ　おつかれさまです」と。太字のマッキーペンで書かれている。え……ここって、誰か住んでんの……？　石井くんと顔を見合わせて、そして怖くなって、なにも言わないまま、まあまあ、寝ようかね……ってことで、電気を消して。カビ臭い布団にカラダを滑り込ませて、いやあ……始まったねー、ツアー……今年でいよいよぼくらも20代も終わるよねー……なにやってんだろうねー……などなど。

話し終わって、寝静まろうとしていたときだった。ギーっと、音を立てて扉がゆっくり開いた。凍りつく、ぼくと石井くん。扉のほうを見つめると、なんだか痩せた女性らしいシルエットが……。女優の青柳いづみだった。真っ白な、顔面パックをしながら、よっちゃんイカを咥《くわ》えている。

「イカ、食べますー？」とか言ってるけど、なんなの。

ゆうぐれにむせび泣く、あのこ。

京都にいて、もともとかつて小学校だったところで作品を発表している。そこで思い出したことがあった。

つむじをふたつどころか、みっつも持っている女子がいて、みんなそのことで彼女をからからのだけれど、彼女はそんなこと、ものともせずにむしろいつもへらへらと笑っていた。笑うときに、抜けた前歯がニュッとでるのが印象的で、月に1回、給食にでるフルーツポンチの、ヨーグルトで染みた透明で立方体のあれが、その歯の隙間からにゅるにゅると見えて、それが生えてきたあたらしい、やわらかい歯みたいで。

ぼくは気づけば、授業中だって休み時間だって彼女を見つめていた。ぼくって人間は、彼女にくらべて、なんていろんなことを気にしてしまっているのだろう。彼女みたいに鼻をほじりたい、鼻くそ食べたい、蛇口をクッと上にあげて、それにしゃぶりついて、咥えこんで。水をがぶ飲みしてみたいな、いつか。彼女はふつうなら馬鹿にされていじめられかねないことをしたって、それでもいつも笑顔でいるから、なんだかそれがすがすがしかった。そういう対象にならずにクラスのなかでも、なんていうか、中心にはならないんだけれど体育はやたら出来るみたいなポジションで。さかあがりも、放っておけば死ぬまで回れちゃうくらいのかんじだった。

そんな彼女がだ。はじめて泣いた。夕暮れのオレンジが教室に射しこんでくる放課後だった、周りにいる男子たちは面食らった様子でいた。そのはずだ。泣くはずがない彼女が泣いたのだから、しかもおおきな声で。床には、給食のときにつかう箸とか、そういういろいろをいれておく小さな袋が落ちている。ランドセルの横のところに引っ掛けておくものだから、それが引きちぎれて。たぶん男子のなかのひとりがそれを引っ張ったのだろう。あまりにむせび泣くので、男子たちもおもわず謝っているが彼女は許さない。すぐに修復できそうなものだが、それが問題ではないようなのだ。

その帰り道、ぼくは彼女のすこしうしろを歩いていた。つむじがみっつ、見えている。ぼくのまえを歩きつづける彼女が教えてくれたのは「もう亡くなってしまったおばあちゃんがつくったんだ、あれ」ということだった。

真夜中、コンビニにて。

近所の、いつも立ち寄るコンビニの店員の顔は、だいたい把握しているから、誰が新入りか、なんてこともすぐにわかるんだけど、かなり体格のいい、ぼくよりもだいぶ背が高い、体重も相当ありそうな女子がはいったのだ、最近になって。

ぶあついレンズは指紋だらけの眼鏡をかけていて、髪の毛はちりちりのが伸びっぱなしみたいなかんじで、清潔ではない。レジスターの操作にもまだ慣れていなく、名札を見ると、研修中の文字の下には、日本人ではない名前が書かれている。だからか、日本語もたどたどしい。ピンク色のラメで蝶々模様が施されたジーンズを、しかもタイトな型だから太ももの肉厚ではち切れんばかりになっているのを、いつも穿いている。でもなんだろう、どうしてか、彼女のことを、嫌だとおもったことがない。それは彼女が、いろんな拙さを乗り越えようとして、コンビニエンスストアのいろんなノウハウを覚えようと必死になっている姿に、深夜、疲れて立ち寄るタイミングもあってか、胸が打たれるからであろう。それと、返事はとてもしっかりしていて、たとえば先輩みたいな態度の、制服がいつも不衛生で、脇汗で黄ばんだのを着ている、お店全体に異臭漂わせるオトコに指導されていても、それをとても素直に聞いていたりして、そういうとこもいい。ぼくなら、あんなオトコになにか指導なんかされたら、その場ですぐに業務をやめちまって、アイスの棚からハーゲンダッツとか取り出して、あいつに全力投球して、プリッツ食いながら帰宅するだろう。だから彼女は、ほんとうに、我慢強く、しかもこんな異国の地で、わけのわからんオトコに仕切られても、よくやってるよ。尊敬するよ。ぼくにはできない。

それで昨夜のこと。昨夜も彼女は真夜中のコンビニエンスストアにいた、牛乳なんかを棚に補充していた。そこに酔っ払ったサラリーマン風のオトコが近づいて。

「おい、ブス。おまえがそこにいたら通れねーんだよ」

彼女は「すみません」と言うばかりだった。店内にもうひとりいたオトコの店員は見て見ぬ振りだ。

そしてぼくも、なにもできずにそこから立ち去ったのだった。

台風が通過したら。

この湿度が去っていくと、夏がはじまるのだろうとおもうのだけれど。「夏の始まりは、台風が過ぎたあとだとおもうの」と言った、あの女子はいま、どうしているだろう。彼女はワキガだった。クラスのなかでもワキガだということで避けられていたり、なんていうか、マンガにひたすら詳しくて、いわゆるオタクとして、いつも教室の隅にいた。しかしぼくからしてみると、ワキガである以外は、すべて清潔で。たとえば、ワキガとかマンガのことを決まってバカにして仲間はずれにするバスケ部の女子よりも毛の処理とかきちんとしていそうで。言葉づかいもとても丁寧で、なんていうか、ぼくは彼女の美意識みたいなものが好きだった。ぼくもマンガが大好きだったから、彼女が朝早くに教室にいてジャンプを読んでいるのを知っていたし、彼女に合わせて、早く登校したりもしたことがあった。

彼女がジャンプを読んでいいてすごいのは、ほんとうにキャラクターに感情移入できっての姑に「鍵、かったか?」と言われてもなんのことかわからず、「はい、まあ」とか答え続けていたらしいし(北海道弁で「鍵、かけた?」の意味)。いちばん近いミスタードーナツが、車で1時間のところだったらしく、ドーナツを食べながらそれが虚しくて号泣したこともあったという。

並べると切りが無い、北海道に連れてこられて自分はいかに不幸か、なんてオトコと結婚してしまったんだ、ってはなしを。ぼくや弟は小さいころからたらふく聞かされて、育ったわけだ。ある日、近所のミホちゃんがうちに遊びにきたときに、ミホちゃんがトイレにはいっていたことに気がつかなくて、トイレのドアを開けてしまった。ミホちゃんはそれを母に言いつけて、ぼくは死ぬくらい怒られたことがあった。母は「ミホちゃんもわたしも、おんなのこなのよ。あなたとはちがうの。おんなのこは、あなたたち、おとこのこよりも繊細で複雑なの。だからとにかく、気を遣いなさい」と言った。ぼくはうろたえてしまった。とても罪深いことをしてしまった気がしたし、なにより母も、ぼくとは決定的になにもかもがちがう、おんなのこなのだとわかってしまった瞬間だった。そんな母も、いまではすこしだけ北海道弁で喋っている。

母が足をつる。

実家に帰ってきていて、いま朝の6時くらいなんだけど。さきほど、ぼくの部屋のとなりの部屋で、母の叫び声がした。足をつったらしい。父が慌てて駆け寄ったが、役に立たなくて、父は猛烈に怒られている。そして「あと10分寝たい、足をつったが、あと10分寝たいのだ」と父にうったえた母は、ほんとうに10分間寝てしまった。母の、このかんじ。ひさびさに味わった。母は母でも、ぼくにとって、母は母ってだけではなくて。母という、おんなのこだ。母以上の、おんなのこをぼくは知らない。

群馬県出身の母は北海道出身の父と結婚することを猛烈に反対されていた。『北の国から』を観ることを禁じられるくらい反対されていた。それを押し切り、ここ、北海道伊達市まで結婚するためにやってきた。しかし北海道は予想以上に北海道だった。冬なんてとにかく滑って転んじゃうし、家の前になにか変な箱が置かれているとおもえば、中身は生きたホタテで、んなもんさばけるわけないし。父の母、つまり母にとぼくはたぶんずっとそういうやつらの輪に、はいっていけないだろうし。というか、ぼくというキモい男子は女子と性的な会話したりとか、性的に交わったりだとか、いや交わる以前にブラジャーのホックをぼくが外す日は来るのだろうか、来ないだろうな、だれも望んでいないだろうしな。母さんなんかはぼくが毎日、牛乳飲むかどうかばっかり気をつかっていて、ぼくがブラジャーのホックを外すかどうかなんてことは、まったく期待していないだろう。母さんが期待していないならいいや、ブラジャーのホックなんて。ぼくが悪いとかじゃなくて、ブラジャーのホックがいけないから、ブラジャーのホックが無くなればいいんだ。そもそもブラジャーにホックは必要なわけ？　無くてよくない？　みんなブラジャー、着けるんじゃなくて、被ればよくない？　うんと、でも。いや、でも。ブラジャーのホック、か。ブラジャーのホック、ってなんかえっと、なかったらなかったでさみしいよなあ。一度はやっぱり外してみたい、ブラジャーのホック……サッカー部のあいつよりも先にあの子のブラジャーのホック、演劇やっているぼくが外したい。しかしそれは叶わなかったよね。

　ということを、実家にもどってきて思い出している。

実家に帰ってきて思い出すのは。

いま、ぼくの実家がある北海道の伊達市に到着して、公演の準備をしているのだが、そこで思い出すことがあった。

中学生のころだった。ぼくなんていうのは、当時から。演劇なんてやっている、いわゆる、キモい男子だったから。もちろん、女子には相手にもされず。好きなひとがいたって、それを永遠に打ち明けられずにいた。

野球部のやつって、なんでそんなとんでもない下ネタを女子に言えちゃうの、しかも女子も女子でそれを聞いて爆笑できちゃうんだ、とか。サッカー部のやつって、性的にラフっていうかなんていうか、なんでそんなに女子のブラジャーのホックを外したがるわけなの、いかに自然なかたちで外すか、ってゲームなんだろうけど、なんでそんなことできちゃうの、しかも女子も女子でそれをされて爆笑してるし、とか。男子と女子の、そういう。なんていうか、ノリみたいなものが理解できないし、そして

るところで、当時、ジャンプのなかでも『封神演義《ほうしんえんぎ》』というマンガが熱かった、というか、ぼくもかなり読み込んでいたし、オタク扱いされる女子たちはみんな、『封神演義』を読んでいないわけがなかったのだけど、中3のときに、その『封神演義』に出てくる主要なキャラクターである「聞仲《ぶんちゅう》」というすごい強いやつが、マンガのなかで死んだ。そのことを彼女は悲しんで、ジャンプの誌面で「聞仲」が死んだ朝早くには、オタク友だちを集めて、教室で「聞仲」の葬式をしていた。もちろんそれを、運動部のやつらは馬鹿にして見ているのだけれど。ぼくはその姿を見て、涙が出そうになった。線香まで持参して、焚いちゃったくらいだったから、すこし担任の先生に怒られていたし、不良たちは、なんでタバコはダメで、線香はいいのか、と非難していたけれど。

ぼくは彼女は勇敢だとおもった。ぼくだってオタクなのに、いじめられない程度に逃げてるし。ましてや、彼女はワキガなのに。いろんな視線や批判をはね除けて、教室で線香をあげた。

「夏の始まりは、台風が過ぎたあとだとおもうの」と、いつだかの早朝、教室にて、彼女は言った。漂ってくるワキガの匂いがあの日は、心地よかった。

秋晴れが眩しすぎて。

自分が演出する作品の公演の、初日というものが近くなると、そりゃあ、頭はキリキリしてくるし。謎の蕁麻疹《じんましん》が出たりとか（なぜか、右半身に）。血尿、血便なんて当たり前（今朝もそうだった）。ひととしゃべると、ぼくの作品の粗探しをされている気がして。傷つくから。だから、ひととは極力、しゃべりたくないし。こう、どんどん、自分を自分の内側へ内側へ追いやって、鍵を閉めて、自分だけの世界に引きこもる。だからこうやって、女子のことを書け。と急かしてくる『アンアン』編集部が憎いし、なんでこんなに、女子のことを書いてんのかな。と悩まないわけではないが。しかし、これ書くことで、つまり、女子のことをかんがえることにより、ぼくはぼくの内側の部屋から出ることになるわけだから、それはそれとして、感謝はしている。

だがしかし、公演は目前なのだ。もう、明後日くらいに初日なのだ（いつが初日なのか、わかっているけれど、頭のなかでなんとなくモザイクをかけている）。女優がムカつくのだ。女優はめんどくさい、ほんとうに。女優が嫌いだ。女優が嫌いだ、をコピーアンドペーストして、このページの文字数を埋め尽くしたい。女優が嫌いだ、心底、嫌いだ。自分がどう見えているか、ばっかりだ。年がら年中、そればっかりを気にしているなんて、病気に違いない。自意識強すぎるんだよ、ボケが。ぼくはきっと、病人たちと仕事しているんだ。

ある女優が、初日目前の現在、ぼくにこう言った。「わたしのことがわかっているのは、わたしだけなのだから、他人にわたしのことを、わたしに口出しされてもわからないんで、わたしにわたしのことを言わないでください。わたしがわたしをどうにかしますんで」。えっと、じゃあ、女優のあなたにとって、ぼくはなんなんでしょうか。演出するぼくは、やっぱり女優のあなたに口出しする仕事でもあるわけなのですが。彼女の口から洪水のように流れ出る「わたし」という言葉たちに飲み込まれて混乱している。けれども、こんなにまで、確固たる「わたし」を持つことができている、大嫌いな女優が、ぼくは大好きなのだ。劇場には窓がない。久しぶりに外に出ると秋晴れ。眩しい。果たして、初日は開けるのだろうか。

ぎゅうぎゅう詰めの女子。

明け方まで海外ドラマを観ていたが、いまは満員列車に揺られている。

車窓の外は基本的には灰色で、通り過ぎるビルよりもっと抜けた遠くのほうは薄い緑色だから、今日のトーンっていうのもこんなもんだろう。観ていたのは、麻薬を製造し、出荷し、報酬を得るみたいなはなしで、そのなかでやっぱり人間関係もあるというそんなかんじの、別に特に内容としてはハッとするとかはないんだが、なんでだろうか、ずっと中毒みたいにして観続けてしまうんだよな、海外ドラマって。

東京における12月のトーンってのはたしかにあるんだと知ったのは、雪国育ちのぼくとしては上京して、はじめての冬だった。というのは、あれも12月だった、はじめて人身事故を目の前にしたのだった。12月とか年末って特に多いよね、みたいなはなしって、よく聞くし。電車に飛びこむ発想ってかなり特殊だとおもうんだけど、東京ではやっぱりよくあるみたい。ってくらいの理解と距離を持って、上京したばかりのぼくはいたんだとおもう。しかし言うまでもなく実際に目のあたりにするとだいぶ現実味がちがう。冬になると思い出す、あのとき決定的になった12月のトーン。あのときの匂い、ぬめりとした湿度。別に特に、なにかにハッとすることもなくなった日常のなかで、今日もこんな箱のなかにぎゅうぎゅうに詰められて、どこかへ運ばれる人々のなかにも、もしかしたらいるかもしれない。飛びこんで、こんな日常を終わらせたいとかんがえるひとが。グルグルと思考は肥大化してしまって嫌になる。

となりの席にふと目をやると、座っていたのは女性。彼女の手の甲の血管は青く浮きでていて、ただでさえ白い肌がなおさら、白く見える。このひとに夏はあるのだろうか、とおもうくらい。手にしているのは携帯電話。

「今日の夕飯はわたしがつくるよ」と文字を打つ。顔をあげると、ぼくのまえに立っているのも女性だった。気づけば車内はそれなりに混んでいた。彼女のとなりには中学生くらいの男の子がいて。「つぎのテストが終わったら、お母さん、先生に話しにいくから」と。男の子は鬱陶しい表情。妙にカラッとしている。そうか、これもこれで12月のトーンだ。

ながい一日のさいご。

大学で講師をしているから、受け持っているのは1限と2限なので、早起きして八王子のほうに向かわなくてはいけない。

この講義がある日はとても長い一日だ。授業では、20代の男子はだいたいみんな、くるりとか聴いてて、くるりとかを真に受けてるやつとかめんどくさいよね。という話をして、たしかにー、と女子大生たちと意思疎通した。くるり系男子に迷惑している女子が20代前半にも少なからずいてくれてよかった。

すっきりして、授業が終わって。それから、稽古場がある横浜へ向かう。女優たちが待ち構える稽古場へ。きょうはどういう風にして汗だくになってもらおうかとかんがえて興奮する。最近は、激しく動いて出る汗よりも、地味にキツい体勢になってもらってからの発汗が美しいとおもう。長い時間をかけて、やっと赤らむ頬が、とても美しい。

稽古を終えて、横浜で観劇をしていたという演出家の飴屋法水さんが稽古場の近くまで来てくれて、最近おもうことをぽつぽつ話しながら飲んだ。ここからがこの日は長かった。長く飲んだわけではなく、早めに電車に乗ったつもりだったが、品川駅で止められた。新宿駅で人身事故があったらしいのだ。電車はぜんぜん動こうとしないからタクシーに乗ろうかとふたりで並んでいたら、うしろのおじさんに小突かれて、横入りしただろ、と言われたけれど、していないので、「していないです」とだけ答えた。タクシーの列も一向に進んでくれなくて、だいぶ並んだ末に、だとしたら電車がそろそろ動くかもね、ってことで駅のホームに戻ってみることに。しかし、まだ止まっている電車。Ｔｗｉｔｔｅｒで「新宿」と打って検索すると、事故現場の画像が大量に出てくる。そんな画像を見てしまっても、電車が遅れていることへの苛立ちは、なぜだか消えない。内回り電車だけ動いたから、遠回りして帰ることに。東京駅で総武線に乗り換えると、千駄ヶ谷で非常停止ボタンが押されたとのこと。電車がまた止まった。飴屋さんは静かに目を閉じる。またひとり、線路に飛び降りたのかもしれない。車内は苛立っていた。すくなくとも今夜、ふたりは電車に当たったったのだ。

ＵＦＯとお正月なんて素敵。

お正月は一歩も家から出ないで、買い漁ったＤＶＤを再生しまくって、そして腹が減ったらＵＦＯを食べながら過ごした。ＵＦＯとはカップ麺のあれだ。焼きそば的な、あれ。ＵＦＯは麺がもちもちしているから、ほんとうはもっとパサパサなやつがいいのだが、パサパサなやつは現在、どこの店舗にも取り扱いがないらしく、しょうがなくＵＦＯで我慢することにした。

ぼくはでも、はたから見たら食べ物としてそんなんで大丈夫？　ってかんじなのでも、大概、大丈夫だ。こういうはなしを周りにすると、みんな口を揃えて、切ないとか、可哀想とか言うのだけれど、切なくもないし、可哀想でもない。したくてそうしているのだから、良いじゃないか。切ないとか可哀想とかよりも、つくりに行ってあげようか？　とか一度は言われてみたいが、言われたことは一度もない。母親によく言われていたのは「みっともない中年だけにはならないでね」ということだったが、いよいよ今年、30になるわけで、母親には申し訳ないが、真っしぐらだ。このまま、DVDとUFOだけあればずっと過ごすことができる中年になっていくよ、ぼくは。

UFOといえば、思い出す女子がいる。あの女子は大変なくらいお金を持っていなくて、ガスも水道も電気もよく止められていた。ご飯も、普段なにを食べているのか、ぼくなんかよりも不明で、いつも心配な女子だった。あのころ、ぼくは風呂なしのアパートに住んでいたから、ある晩、ガスを止められていた彼女を銭湯に連れて行こうと誘おうとしたが、別に関係として濃密ではない女子を銭湯に誘うなんて、なんか気持ち悪いし良くないな、と改め。コンビニでUFOを買って、差し入れしてあげよう。ガスが止められているなら、お湯を入れて持って行ってあげよう。と思い立って、彼女のアパートへ。彼女は普段、なにを食べているのかわからないのだが、体格はとてもよい。どうしたら、そうなるのかわからないけれど、よくお腹が鳴っている。ぼくが持って行ったUFOを彼女は瞬く間に平らげたのだが、ぼくはそのとき、耳を澄ましていた。彼女のなかに、ぼくのUFOがはいっていって、キュルキュルキュルと体内にやがて、着地する音に。

ぶあついレンズのむこう。

乱視の女子がいた。ぶあついレンズの眼鏡をかけていた。ひととの距離感が大変そうで、いつも廊下をふらふら歩いていた。ひょろりと、手足は長細い。身長は高いほうだった。でも筋肉がぜんぜんなさそうで、だから体育はすこぶる出来なかった。跳び箱もとべない。さかあがりもできない。彼女のお兄さんは野球をしていて、しかもピッチャーだった。いつも近所のグラウンドで学校の先生をやっているお父さんとキャッチボールをしていたのを憶えている。そんなお兄さんがいるのに、彼女は運動できない。なのにそんな自分のことはとりあえず置いておいて、お兄さんのことを自慢げに話すのだった。レンズがぶあつすぎて、視点が定まらないから、目が合わない。でも、口角をあげて、いつもより高めのトーンで。

「わたしのねー、お兄ちゃんはねー、ピッチャーでねー、もしかしたらねー、野球で高校に行けるかもしれないんだよー」なんて話していた。

あのころのぼくは、野球で高校に行けるだなんて知らなかったから。「えー、野球で高校に行くってどういうことー？　すげーんだけどー」なんて話していたとおもう。「でもさー、お兄さんはいいとしてもさー、さかあがりできるようにならないとまずいとおもうよ?」ってことで、彼女と放課後のグラウンドでさかあがりの練習した数日間があった。夕まぐれのオレンジがつよくて、トンボもたくさん飛んでいたのを憶えている。彼女にとってなぜこんなにも、さかあがりが大変なのかもすこしわかった。とにかくぼくらよりも、視界がたぶん整っていなくて、ゆらゆらしているのだとおもう。ぼくらが鉄棒を軸に一回転する感覚をつかむよりも、たぶんまたちがったハードルがあるような気がする。どんな風に、彼女は世界を見つめているのだろう？　同じオレンジ色を見ているのだろうか？　やってもやってもやっぱりさかあがりができなくて、息を切らして、原っぱに座る。あの年はやけにトンボがたくさん飛んでいて、たまに彼女の重そうな眼鏡にトンボが当たる。彼女は言った。

「さいきん、お兄ちゃんとお父さん、キャッチボールしないいんだよね」

あの台詞、あの風景。あれがぼくの演劇の始まりかもしれない。

実家に帰って、おもうこと。

ちょっとスケジュールに隙間ができたから、実家に帰った。北海道の伊達市へ。実家には、祖母がふたりいる。父は北海道出身で、母は群馬出身だから。ひとりは北海道の祖母で、もうひとりは群馬の祖母だ。北海道の祖母は、もうだいぶ前にひとりになった。群馬の祖母は、ぼくが20歳のときにひとりになった。ひとりになってからもずっと住んでいた家は町の区画整理のために取り壊された。それで彼女は2年前に北海道に移った。

というわけで、雪も見たことがなかったようなひとが、2回目の北海道の冬を越したわけだ。ふたりの祖母は同い年で、81歳。北海道の祖母は、未だに雪かきもする。料理が得意で、いまでもがしがし料理をつくってくれる。ぼくに口ぐせのように「ちゃんと食べてるー?」と、北海道の訛りで言う。ちゃんと食べていても言ってくる。飛行機で帰ったのだけれど、空港まで父といっしょに迎えに来てくれた。空港での祖母は大変だ。「空港まで来ないと買えないんだから」と呟《つぶや》きながら、目のなかは完全に買い物モードになっていて正直怖いくらいだ。たしかに北海道の空港は、お土産やらなんやらで溢れていて、目移りする。かまぼこはあそこで買う、とか。昆布の専門店があったよなー、とか。チーズは焼くとお餅みたいになるやつがほしい、とか。まったく、ハイパーな祖母だな。と感心する。

一方で群馬の祖母は最近、足腰がだいぶ弱くなってきた。同い年の彼女たちなんだけど、こんなにもからだって。こうも、違うのか。とおもう。からだに、ここまで刻まれてきたこと。お風呂でからだを洗うのも母が手伝っている。杖をつかなくては歩けない。ぼくの横顔をじーっと見つめて、「ああ、髪は切ったほうがいいなー」とか。「むかしとかわらないいたかちゃんだがねー」とか。群馬の訛りで言う。もう、今年30歳だよ? ぼく。8時半には睡眠導入剤を飲んで寝る。そんな彼女が、ぼくがまた東京に戻るとき。空港まで送ってくれた。雪が残る風景のなかで。長い時間、歩くことはできないから、車椅子にのって。出発ゲートまで送ってくれた。彼女の表情。きょとんとした、目。まだぜんぜんおんなのこじゃん、ばあちゃん。

つきあっているのは、ひとりか、ふたりか、それ以上か。

つくづく、ひとと付き合っていて、ある時期になると、ぶつかってしまう、壁のようなものがあって。壁、と言ってしまうのは多少、あれなんだけれど。でも、壁なのだ。その壁を乗り越えなければ、そのひととは、かならず続かない。で、その壁というのは、やはり、ぼくの妄想によって築かれてしまう壁、なんだけれど。妄想……。妄想、ってのは不思議なもんで。妄想すれば妄想するほど、それが現実みたいな気がしてくる。現実みたいになってしまった、強固な妄想を。ふたたび打ち砕くのはたいへんな体力がいることとだ。難攻不落の妄想の城を、攻落できたらば。そのひととは、かならず続く、はず。でも思い返してみれば、続いたひとなんていただろうか。ひとと付き合ってみて、妄想する、壁ができる、別れる、の繰り返しだった、そういえば。続いたひとなんて、ひとりもいない。それは、何故か。ある時期になると、ぶつかってしまうからだ。いま自分と付き合っている、ひとりのひとは、ほんとうはひとりなのか。ふたりなのか。それ以上なのか。ということに。ぶつかってしまうからだ。ひとり、というのは、じつはひとりじゃない。何人かを経ての、あるいは、何人かが混ざったのが、ひとりである。ということに。ある時期になると、気がついてしまう。父親と母親が混ざって、ひとりが生まれたから、じつはひとりじゃない。なんていう、シンプルなことじゃなくって。たとえば、いま目のまえにいるオンナが、ぼくに音楽のはなしをしていると。この音楽のはなしは、過去の誰に吹き込まれたものなのだ。とかんがえてしまうのだ。

＊＊＊

「まえにライヴに行ったことがあるんだよねえ」なんてはなしは、十中八九、そのころのオトコと行ったに違いなくて。「ああ、それをぼくに言うんだ」と内心、感慨深くなってしまうことは、しばしば。たとえば、来る秋に向けて、服だの靴だのほしいってはなしのときに。さまざまなブランドの名前が出てくるわけだ。そんなときには、たぶん。過去の誰かと選んだ、服だの靴だのから学習した、何か痕跡があるはずで。「こういうの着てほしいんだよね」なんて、ぼくに服をすすめてくるときは、きまって「そういうのを着ていたひとか、もしくは、着れなかったひとと過去に付き合ってたんだな」と、これまた感慨深くなってしまう。つまりだ、ひとりと付き合っているはずが、ほんとうはひとりなのか。ふたりなのか。それ以上なのか。ということなのだ。ぼくの知らない誰かのDNAが、たしかに、やっぱり引き継いでしまっている。なんらか考え方なり、習性なりが。もしかしたら、仕草とか。癖とか。そういう細かいところも、ぼくの知らない誰かから影響を受けた、名残りのようなものがあるのかもしれない。そうなってくると、ひとりとして見れないときがある。この歯磨き粉は、自分で使い始めようとしたものなのか。それとも……。とか。このロウソク、あ、ロウソクっていうか、ん、こういうのって、キャンドルっていうのかな。これ、たぶん新品だった当初よりも短くなっているとおもうんだけれど、えっと、過去にぼくじゃない誰かを照らしていたことあったのか……。とかとか。観察していると、ひとりのひとの背後に、ふたりなのか。それ以上なのか。亡霊が憑いていることがわかる。しかも、ぼくと付き合っているということは、その誰かとは、たぶん別れているはずで。なにか不備があったのだろう。そのひとは、このひとから、脱落したわけだ。なんらかの原因で。ぼくも、このひとから、脱落するかもしれない。亡霊になるかもしれない。そうかんがえると、魘《うな》されるし。怖くなって、ぼくから離れることも、しばしば。

もともと、あんまり、付き合っているひとの、過去のいろんな、そういう絡みの諸々を。詮索したりとか、そういうことはしたくないタイプで。それをしないのは、当たり前に、気になってはいるけれど、できないでいるのは、ザッというと、怖いからで。ぼくは、ぼく自身の過去のこととも、折り合いがついていないというのに。他人の過去のことなんて知ってどうするんだ、手に負えるのか、貴様は。でもでもでも、いつまでも、なにも、あえて、知ろうとしないから。確かめようとしないから。妄想は、妄想を重ねて。妄想は現実みたいになっていく。難攻不落の妄想の城を、攻落できたらば。そのひととは、かならず続く、はず。なのに、できない。できないでいるのだ。だから、また、別れるかもしれない、こんな繰り返しの渦《うず》のなかに、いつまでもいる。

＊＊＊

ふと、自分のことをかんがえてみる。たしかに自分も、そういう風にかんがえてみたら、いろんなＤＮＡが混ざって、ごちゃごちゃになっているはず。なのに、なのに。自分は、ひとり、な気がする。ここまでシームレスに。ただ、誰かと出会って、別れてきただけの、ひとりの人間。そうか、だからきっと、他人だからひとりじゃないような気がするんだ。彼女もだから、彼女にとっては、自分自身なわけなんだから、きっとひとりなんだ。ひとりとして、乗り越えて。関わりたいな。いつか。

サラエボと女子。

サラエボに来ている。これを書いているのは10月9日、午前9時である。明日、サラエボにて、公演初日。妙な緊張感に包まれている。サラエボの女子は、みんな背が高い。いや、冗談抜きに、みんな、170センチのぼくよりも背が高いくらいだ。男子はだから、それよりもっと背が高いわけだから、この国の女子はたぶん。たぶんなんだけど、背の低い男子なんて眼中にないだろう。ってくらい。でかいのが好きだろう。こよなく好きだろう。みんな、背の高い同士で仲良く町を歩いている。強そうに歩いている。でかい女子が小さいぼくらを見下ろしながら。強そうに闊歩している。劇場のスタッフさんたちもみんな強そうに笑っている。こころなしか、ふつうの女子よりも低音域で、不穏に笑っている。小さいぼくらを見て笑っているのだろうか。ぼくら、日本人はもはや自分たちの小ささに負けそうだ。胸もでかい。やけにでかい。あの胸は怖い。死ぬほどでかい、怖い。いや死ぬかもしれない、でかすぎて。ほんとに町中、全員でかい。カフェの店員さんもはち切れんばかりに胸がでかい。コーヒーだけでいいんだけどケーキも買わなきゃ、あの胸にぶっ殺されそうだから、ケーキも買った。買ったケーキは甘すぎて、蜂が集《たか》っている。でもケーキ残したら、あの胸にぶっ殺されそうだから、蜂が集っていても食べなくてはいけない。町を歩いていると、これまた、胸がでかい女子が、たぶんぼくに「金をくれ」と言っている。金はやれない。金はやれないんだけど、その胸は怖い。怖いからやれないけど、来世も、あなたはでかくて、そしてそのとき、ぼくがでかいのが怖くなくて好きだったならば、金をやれるかもしれないから。とにかく、来世に会えたら会いましょう。おもえば、むかしから胸が怖かった、女子の。でかい女子とは正常に話せなかった。それはまったくぼくが不甲斐ないからだ。怖いということは好きなのだ。しかし、好きだということは怖くて、嫌いだと言ってしまえば、嫌いだということになってしまう。嫌いと言って拒絶するのは避けたい。ゆえに、ぼくの扉は半開きのままだ。半開きの扉から、美しいサラエボの女子を見つめている。

湖と女子とエスプレッソ。

ボスニアのサラエボを離れて、イタリアのメイナという土地にいる。ここで、イタリアのいろんな町から集まったみなさんと小さな作品をつくっている。イタリアにぼくらを呼んでくれて、このツアーをコーディネートしてくれているのは、ルイーサというぼくと同い年の女子。ルイーサは、去年のフィレンツェ公演でもぼくらのことをフォローしてくれていた。そして、このメイナにて。1年ぶりに再会した、というわけだ。ルイーサは、朝。みんなでエスプレッソを飲むことが大切なことだとかんがえているみたいで、朝はかならず、カフェに集合。そこでエスプレッソを飲んで、一日を始める。エスプレッソはルイーサのおごりだ。それが彼女の流儀らしい。巻きタバコをとても細めにつくって、美味しそうに吸う。刈り上げたベリーショートの髪は清潔そうで。絶妙な長さの前髪はクルクルと、これまた絶妙にカールしている。細身のからだに古着をうまくミックスした服装で合わせていて。

笑い方は、いい意味で下品。大きく口を開けて、がっしゃっしゃ、と笑う。すべて含めて、なんとも気持ちのいいひとで。マームとジプシーの女子たちも、みんな、彼女を、もはや、崇めている。エスプレッソを飲んでいる時間に、彼女はぼくらの一日の始まりに立ち会って、よく観察してくれている。よく寝れた？　食べ物、合ってる？　などなど、シンプルなコトバで気遣ってくれている。しかし、そんな素晴らしいルイーサにも。なんと、彼氏がいるらしく。ぼくはここでもまた、激しく嫉妬するのだ。嫉妬は国境をも越えるのですなあ。男子なんて、みんな消えてなくなってほしい。ルイーサはてっきり、女子が好きなのかとおもっていた。女子を好きでいてくれたほうが、ずいぶんよかった。女子を好きでいてくれたなら、なんとなくだけど、まだ諦めがついた。女子には敵わないけど、男子には敵うかもしれない。男子となら闘える、なぜならぼくも男子だから。なんてことを。すこしでもかんがえてしまっている自分ってなんなんだろう。煙草を吸うルイーサ。背景には湖。水面に光が反射して、キラキラしている。はあ、おんなのこはもりのなか。おんなのこはもりのなか、だ。相変わらず。

ポンテデーラのインターン女子。

マームとジプシーはいままだ、海外ツアー中。イタリアのポンテデーラにいて、劇場で公演の準備中なのだが、ぼくらはこの劇場のなかの宿泊施設に寝泊まりしている。この施設が、酷いのだ。今朝なんて、ぼくも含めた男子４人の部屋が水浸しになった。シャワールームがもうシャワールームではなくて、トイレといっしょになっているのは、そうなんだけど、それはいいんだけど、床の高さがすべてフラットになっていて、フラットになっていて、なんていう表現は聞こえが良すぎる、もっと言うと、汚いタイル張りの冷たい床がトイレもシャワーもぜんぶいっしょになっていて、高さも質感もすべて同じレベルになっているわけだから、シャワーを浴びると一面、水浸しになるし。水浸しになるということは、トイレもシャワーもぜんぶ関係なくなって、不潔なのだ。そして、その不潔な水が、ついに部屋にまで及んだ。事件はぼくがシャワーを浴びている最中だった。シャワーが床に当たる、ただそれだけの音の連続の隙間から、外がざわついているのがわかった。なんだろう、とおもいながら、でも、シャンプーをしていたら、ぼくのマネージャーの林さんが、シャワールームの扉をノックする。「たかちゃん（ぼく）、たかちゃんがシャワーを浴びているせいで、窓を伝って、一階にまで、水が漏れているって！」。ぼ、ぼくのせいで……？　なんのこっちゃわからない状態で、慌ててシャワーから出ると、イタリア人がわんさかいて、部屋も水浸し。イタリア人たちが、不審な視線をぼくに向ける。ぼ、ぼくのせいじゃねーし……。この、クソみたいな、しゃ、シャワールームのせいだし……。しかし言い訳することもできず。あるイタリア人男性は「こんなことは劇場ができて以来、初めてのことだ。たかひろ（ぼく）、お前のやったことはギネス級だぜ」とか意味のわからんことを言っている。林さんもいい加減にしてくれ、というムード。そんななか、ただひとり、ぼくの味方をしてくれる女子がいた。この劇場にインターンで来ているローマの大学生、カタリーナだ。カタリーナだけはぼくの肩を叩いて「大丈夫よ」と言ってくれた。す、好きになるからやめてくれ……。

ルイーサの彼氏。

いまだ、まだ、イタリアツアー中である。いまは海に面した町、アンコーナにいる。今夜、一度限りの公演をする。これを書いているのは、その朝だ。以前も書いたが、このツアーをコーディネートしているのは、ぼくと同い年のルイーサ。確実に彼女に惹かれている。目で追ってしまう。去年、フィレンツェで彼女に出会ったときは、正直言ってそんなんでもなかった。バリバリ働くひとだなあ、とかそれくらいだった。そのころは短めの髪をポマードで固めてリーゼントにしていて、ビンテージのシャツを着て、革ジャンを羽織っていた。細くつくった巻きタバコを吸う、その佇まいはとても同い年には見えない。笑顔も少ない、そんなイメージだった。正直言ってそんなんでもなかったひとが、転じることがあるのだろうか。転じることなんてないとおもっていた。しかし、転じたのだ。今年のルイーサは、去年と少しちがった。ここまで3週間、彼女と過ごしてみて、やはり同い年なんだとわかった。バスを待っている最中、突然、鼻歌を口ずさみだして、超絶な笑顔でダンスし始めたりとか。横断歩道をひょうきんな歩きかたで渡り切ったりとか。去年のボーイッシュでロックテイストでビターな彼女とはまるでちがっていた。ただの愉快なアラサー女子で。ファッションもどこかクラシックなかんじになっていて。クラブなんてあんなうるさい場所、わたし、行きたくもないわ。イタリアの伝統的な民謡が好きなの。なんて言い出しそうなくらいの豹変ぶり。え、彼氏かわったでしょ。去年と彼氏、ちがうでしょ。去年の彼氏はジャンキーで、今年の彼氏はバロック音楽しか聴かない80歳のじじいだろ。いやでも、聞いたところ、彼氏はかわっていないらしい。去年も今年も、クマみたいな男子だ。ルイーサには釣り合わないようなそいつと、ぼくはこないだ、不本意な握手をしてしまった。ルイーサはなぜ、クマとなんか付き合うのだろう。というか、なんで女子には彼氏がいるのだろう。彼氏なんか嫌いだ。彼氏になろうとする男子も、彼氏がほしい女子も、みんな嫌いだ。ルイーサのタバコの副流煙を死ぬほど吸い込みたい。ルイーサが噛んだ爪を拾って食べたい。辛い。

ルイーサの彼氏2。

まず、読者のみなさんに謝りたい。ごめんなさい。前回も読んでくれているひとはわかるとおもうが、ルイーサの彼氏はクマではなかった。とてもかっこいいコンテンポラリーダンサーだった。ルイーサの彼氏がクマみたいな男子だと勘違い（というか、ある種の期待）をしていた自分が恥ずかしい。こういう読みが甘い自分が大嫌いだ。自分はこういうところがある。たぶんどこか自分より下のニンゲンを探している。そしてそういうニンゲンを見つけては、決めつける。それはほんとうに醜いことだ。そしてルイーサの彼氏は結果、クマではなくてコンテンポラリーダンサーだった。クマはクマで、ルイーサじゃない彼女がいるらしい。なにもかもが誤算だった。ダンサーなんて嫌いだ、ダンサーなんて。いまは、イタリア、シチリア島のメッシーナにいる。5週間つづいたツアーもここで終わりだ。今夜、荷造りして、明朝、日本に発つ。この旅における女子たちのことを、総括してみよう。カミーラは小麦粉アレルギーだったなあ。じゃあ、なにを食べて過ごしているんだろー。肉かなー。毎日、肉だったらかわいいなー。バレンティーナの鼻ピアス、舌で確かめてみたかったなー。カタリーナの革ジャン、じいちゃんが持ってた革ジャンと同じ匂いだったなー。かわいいなー。マリアルイーサの顎を噛んでみたかったなー。ベロニカが着ていたニットをちょっとずつほどけばよかったなー。マリアはもう、両親に紹介したいなー。アントネッラの息子になりたいなー。モーニャのくるぶし、独特でよかったなー。あれを触れなかったのは、ほんとに損したなー。はあ、おもえばこのツアー、各地で女子しか見てないなー……。風景とか見てないなー……。なにしてたんだろうな、外国で……。メッシーナでの滞在期間は、だいたい雨だった。雨なんてもんじゃない、嵐だった。嵐のなか、ルイーサはぼくらが劇場からホテルまでに乗るタクシーを停めに、革靴なのにそんなのお構いなしに外に出た。からだに似つかわしくないおおきな傘はボロボロで、傘の意味をなしていない。街灯のオレンジ色、びしょびしょな彼女。きれいすぎて涙がでそうになった。いっしょに、寿司食いたい……。

香港を歩きながら。

蜷川幸雄さんのさいたまゴールド・シアター（役者さんがご高齢の方々ばかりの劇団）が香港で公演するのを観に、香港まで来ている。今朝の5時に着いて、ホテルにはまだチェックインできないから、町をふらふら歩くことにした。マームとジプシーによく出演している荻原綾は香港に詳しい。なぜなら、彼女は香港で古着屋を営む友人の手伝いをしていたことがあるからだ。荻原綾の案内で、香港の町を歩く。まずは、香港の朝といえばお粥だ。お粥が美味《うま》いらしい店にはいって、ぼくはミートボールがはいったものを注文する。荻原綾は、豚の血の寒天がはいったのを。しかしミートボールもやけに生臭いし、豚の血はやはり豚の血でしかなかったようで、あまり口にせずに店をでた。そのあとに向かったのは、彼女がおすすめの喫茶店だ。お粥があんまりだったので、とても期待していたのだけれど。着いてみると、ただのラーメン屋みたいなところで、いったいどこが喫茶店なのかまったくわからなかった。ギトギトの店内には、じっさいにラーメンを食っているひとたちがギッシリだ。荻原綾は言った。「ここのグラタン、ほんとうに美味《おい》しいんだよー」。ぐ……グラタン……？　グラタンなんか食べているひとなんて見当たらないし、グラタンは食べたくない。けっきょく、ミルクティーだけ飲んで店をでた。つぎに向かったのは、古い切手を売っているというビルだ。蚤の市や骨董市が大好物の荻原綾が言うんだから、これは間違いない。とおもっていたら、着いてみると。ビル全体が昼休みで、どこも閉まっていた。荻原綾ってヤツは……。しかし、彼女の横顔はなんにも悪びれた様子はない。むしろ生き生きしている。ついに彼女が手伝っていたという古着屋さんに着く。彼女は知り合いと再会して、屈託のない笑顔。このとき、なぜだか涙がでそうになった。荻原綾は普段、たぶん人類で一番、声が小さい。そんな彼女がすこしだけ大きな声で。そして笑顔で。喜んでいる。こんなにもキレイなシーンは他にあるだろうか。彼女はきっと再会した彼のことが好きなのだろう。そんなことにも珍しく嫉妬を通り越して、こんなにも美しいことって、あるのだろうか。そんなことを、おもった。

におい

CHAPTER 3

サイズがちがうの着ちゃうわけ。

深夜、コンビニにいると。だぶだぶのスウェットを上下で着ている女子がいて、スウェットのサイズは彼女のからだからすると明らかにちがう。腕の長さよりもかなり伸びた袖《そで》の部分を、スウェットのなかで腕を縮ませながら一定のリズムで左右にぱたぱたとしている。その姿はまるで、ウルトラ怪獣のピグモンとか、なんでも鑑定団によくでてきそうなレトロな玩具みたいなかんじで可愛げがある。

開閉式の冷蔵庫のまえで、どの伊右衛門にするのか悩んでいる様子だった。たしかにさいきんの伊右衛門の多種類具合は翻弄されるほどだよなあ。だいぶ細身に見える彼女だけれど、これはたぶんスウェットのだぶだぶ効果のせいで、実際のところは平均的なからだつきだろう。よくよく見るとスリッパもぶかぶかのを履いていて、きっと近所に出かけるときのための「ツッカケ」として使用してるんだろうなと想像される。

とうとうスウェットのなかで腕を組み始めたみたいで、腰のスウィングだけで袖をおおきく左右に振るという新技を繰り出す。スウェットのなかで腕を組むのって、なんだか……いいなあ……あのなか、どうなってるんだろう……マジで……素肌かな……素肌にスウェットなのかな……彼女を見つめるぼくの目は、まじかる☆タルるートくんのあれ。X線を内蔵したようなあれになっているわけだが、いやでもべつに願いが叶うのならば世界の時間が止まったタイミングであのスウェットのなかにはいってみたいとか、そういうんじゃねーよ……なんていう葛藤をしている矢先だった。トイレに行っていたかんじで、体格のいいオトコが彼女のところに現れた。ラグビー部っぽい風貌の、おんなじスウェット姿だ。まあ、案の定ですよね。と、すっかりがっかりだ。きっと彼女はそうか、あのオトコからスウェットを借りているのだ。スリッパも、たぶん。いつだか明石家さんまが、彼氏のYシャツを着たような女子が好きだとかなんだとか言っているのを聞いて、彼氏のYシャツを借りちゃう系女子のことも、着せて喜んじゃう系男子のことも理解ができないし、そういうの気持ち悪いな、とかおもったのを思い出した。しかしそのオトコが登場する前の興奮は、じゃあなんだったのだろう。自分にゾッとしてしまった。

マフラーにしまわれたい。

マフラーを髪のうえから巻いて、マフラーのなかにしまわれた髪が、こんもりとしているフォルムがどうしようもなく好きなオトコがいるらしく、しかもそれを狙ってやっている女子も世の中にはいるらしい。いやもちろん誰かに向けてとかじゃなく、ファッションとしてやっているのだろうけれど。マフラーのうえに髪がのっかって、横や後頭部のほうに膨らんでいるかんじとか、膨らみながらすこし髪が外へ漏れているかんじとか。どんな具合で、巻かれたマフラーから髪を出そうか、ドライヤーやアイロンの当てかたによってもだいぶ違ってくるらしく、そのバランスについて。冬になると、そんなことで七転八倒する女子がいるらしいのだ。

マフラーと首のあいだに髪の毛が挟まっているわけだから、痒くないの。あたたかいの、それ。静電気がひどいんじゃないの、とかとか。いろいろと疑問点が多いので、漫画家の今日マチ子に電話して「今日さんの漫画にはマフラーを巻いた女子がよく登場しますが、マフラーにしまわれている髪についてどうおかんがえですか？」と訊ねてみると「あれね。あれ、わたしダメで。一度も描いたことないわ。髪をしまったこともないわ。特に、ＯＬ風のひとがあれをやっているのは、特にダメね」だそうです。とても面白いネタになるとおもっていたことをすごくシンプルに回答されて、なんだかすこしだけ書く気が削がれましたが、つづけると。なんだかでも、ふと思い出したことがあった。あれはたしか高校の教室で。べつにたいした容姿をしていないから誰からも注目されるわけがない女子がいたのだが、シャンプーの香りなのか。匂いだけは抜きんでて素晴らしい女子がいた。その女子のことが、なんだろう。嗅覚の部分でだいぶ気になっていたのだろう。放課後の教室で。机に無造作に置かれているあの女子のマフラーを発見してしまい、それを無性に嗅ぎたくなってしまったのだった。そして、嗅ぐのだけれど。それがやっぱりいい匂いはしなくて、すこぶる臭かった。マジか！　と、ギャップに焦った。しかしむしろ、その女子への興味は薄れることなく増すばかりで。そうか、マフラーにしまわれたいって、あのかんじなのかもしれない。臭いマフラーと、いい香りの髪のあいだに挟まれたい。

サボテン荘の人々。

ぼくが主宰する「マームとジプシー」という演劇作品をつくる集団の、そのなかの4人が住んでいる一軒家がある。その家のことを、ぼくらはサボテン荘と呼んでいる。そこに住むのは、3人の女子と、石井くんという男子の、合計4人。その3人の女子は、男性経験が乏しいというか皆無と言っていい。だれかと恋をしたこともないくせに、結婚したいとか、子どもがほしいだとか言う。いやそのまえにまずは恋をするところから始めましょうか、と。ぼくなんかがアドバイスをしなくてはいけなくてつらい。恋をするところから始めましょうか、とアドバイスをするとHさんがぴんときていない表情をしていて。そして、彼女が言った一言に戦慄した。

「そういや、いままで、誰かのことを好きになったこと、無いんだよなあ……」

なんてことだ……そこからか……。Hさんの今年の目標は、「まずは、誰かのことを好きになる」らしい。

高校時代は野球部のマネージャーをしていたというAさんに、いや野球部なんてみんな、こう、盛ってそうだし、いくらでも恋だのなんだのがありそうじゃないか、というかそういうことが目的でマネージャーとかってなるんじゃないの、それか、球児なんてのはこぞってマネージャーに群がって奪い合うイメージだけれど、とぼくが指摘をすると。

「それは誤解だ。恋だのなんだのにうつつを抜かさずに、マネージャーとして本気で甲子園を目指していた。オトコなんかに目もくれず、そしてオンナとして意識もされず、ひたすら切磋琢磨していた。だから、そういう風に茶化さないでください」と怒られた。ごめんなさい、Aさん……。

そして最後のひとり、Jさんは旅人が好きと断言している。でもなかなか旅人とは出会わないよね、出会っても旅人は、すぐに旅に出ちゃうからね。とかなんとかのんびりしたことを言っているから、もうJさんに関しては見守る以外に方法はない。

このようにサボテン荘の3人は、もうずっとこの調子なのだ。

石井くん。よくやってるね。がんばれ。

くしゃみ、ぶっかけられても、なお。

花粉なのか、風邪なのか、マスクをしているひとをよく見かけるし、この車両、ぜんぶ、マスクしてるんじゃないか、ってくらいの電車に、きょうも乗ったけれど。

ぼくはマスクをすると息ができなくなってしまって、過呼吸みたいになってしまう症状があるから、マスクはしないけれど、したほうがやっぱりいいとおもう。くしゃみをするときにその口を、手だの、マスクだので塞がないひとは、やっぱり最悪だとおもう。不愉快、極まりない。ぼくはマスクはしないが、塞ぐことを心がけている。

なにより、えっと、くしゃみは臭いのだ。これは警告として言っておきたい。くしゃみは臭いのだ。そして、くしゃみはその本人がおもっているよりも何倍もの面積に拡散するのだから、それをまず自覚してもらいたい。ぼくのこのはなしがわからないひとは、他人のくしゃみを浴びてみたらいい。きっと、わかるはずだ。臭すぎるよ、ほんと。しかし、ここで言いたいのは、このことではなくて。くしゃみ、ぶっかけられても、なお。ぜんぜん苦じゃなくて。ぶっかけてくれよ、びちょびちょにしてくれよ。ってくらい、浴びに行きたくなるくらいの。そんなおんなのこが、やっぱり世のなかにはいるのだ。おんなのこのくしゃみだって、臭い。もちろん、臭い。しかし、臭くていい。むしろ、臭くなくちゃいけない。臭いのを、ぶっかけてほしい。臭いのに、なんにも不愉快じゃない。そんなおんなのこが、やっぱりいて。その水滴から、彼女の唾液腺をおもうし、鼻腔のうずうずをおもうし。くしゃみはいいよ、くしゃみは。それで、べつに、彼女の風邪だのなんだのがぼくに伝染したって構わない。彼女のなかにいた、ミクロの生き物がぼくのなかにはいってきてくれただけで素晴らしい。それは、セックスなんかよりも深い「何か」だ。かけてかけて、くしゃみをかけて。なんて、やっぱり言うことはできないから。それとなく、かかりにいく。くしゅん、の音が合図だ。くしゅん、から始まる旅。くしゅん、と遠くから聞こえてくるだけで、もう。駆けつけたくなる、この気持ち。でもいつか、くしゃみを浴びたくなくなる日が来るのだろうか。くしゃみが別れの合図になるのかもしれない。臭いだけの。不愉快なだけのくしゃみに、彼女のくしゃみも。いつか。

部屋とアメコミTシャツと、わたし。

空前のアメコミTシャツブームがきていて、買い集めている。やっぱりマーベルが好きだから、スパイダーマン、キャプテンアメリカ、などなど。集めだすと切りがないがこつこつと。

先日のこと、ベランダに干していたはずの一枚が見当たらなかった。どの一枚が見当たらないのか、たくさんあるなかの一枚だからわからなかったが、でもどうやら一枚足りないらしかった。しかしもう部屋を出なくちゃいけない時間で、探すこともできずにどこか気持ちが悪いまま。アパートを出ると。目のまえの植木の枝にハンガーにかかったままのマイティ・ソーのTシャツが掛けられているではないか！　あ、あれは……！　ぼくの、マイティ・ソーだ！　Tシャツの真ん中にプリントされているソーが、ぼくを睨んでいる。ご、ごめんよ……ソー……。そういや、昨夜は風が強かったね……。

ぼくはＴシャツを手に取り、そしてそれを抱きしめようとした。そのときだった。となりに、小学校低学年くらいの女子がいることに気がついた。女子は、いったいなにしてるの、という不審げな目でぼくを見つめている。片側だけ三つ編みをしていて、それが妙な迫力だ。その圧力に怯みはしたが、いやでも、ぼくは風に飛ばされたぼくのＴシャツと再会を果たし手に取っただけで、なんにも悪いことはしていない。なんだ、その目は。女子は、バービー人形の髪の毛だけを握っていて、それをぶらぶらさせながらぼくに言った。「それ、わたしのお母さんがそこに掛けたんだけど」。へえ、あ、そう。ありがとう。厳密には、君に、じゃなくて。お母さんにね。なんておもったけれど、「ありがとう。これ、ぼくのなんだ」と伝えて、その場を去ろうとしたときに。「わたし、学校行ってないんだよね」と聞こえた。「妹はね、毎日行ってるけどね。わたしは行ってないんだよ」。なんにも言えなかった、急いでいたし。背中に彼女の視線を感じるが、駅に向かって歩くしかなかった。なんで、彼女はそれをぼくに伝えようとしたのだろうか。想像すると果てしない。曲がり角を曲がるとき、振り向いてみると。もう彼女はいなくて、彼女がいた場所にはバービー人形だけが落ちていた。

夕まぐれの蕎麦屋にて。

都内の、とある蕎麦屋に。夕まぐれの時間帯に、ふらっと立ち寄ると。男女ふたりが一組だけ、すでに居て。ぼくは、その男女に向かい合うように席に着いた。女子はいわゆる、夜の、なんらかの仕事をしているような、盛り髪で。厚化粧。男子のほうは、不自然な、つまりサロンで焼いたような日焼けをしていた、眉毛がだいぶ細い、体格がよくて、声がでかい奴だった。

「おれ、きのう、肉だったからさあ、きょうはセーブするよ」と、べつにそんな音量で言うことでもないことを、それなりの音量で発する彼に。「あ、そうなんだ。でも、えー、足りないでしょ？　もっと食べなよ」と小声で言う女子。ぼくは、この小声を聞いてわかった。このふたりはまだ性的な関係にはないな、と。まだ出会って日が浅くて、お互いが自己紹介し合う段階。もしかしたら、ふたりきりで外食するのもこれがはじめてなのかも。初歩的すぎることを彼のほうから探り入れている。

「おまえはさあ、インドア派なの？　アウトドア派なの？」「えー、どちらでもないなあ、でもダーツは好きかなあ」「ダーツかあ、ビリヤードは勘弁だけど、ダーツなら今度行こうよ」「えー、ビリヤードはなんで勘弁なのー、ウケるー」「ＢＢＱもさあ、レンタルできるとこ知ってるからー。おれはさあ、飲まないで焼く専門だけどね」「すごー」「もちろん、部屋で遊ぶのもいいよ、セックス込みだけどね」「やだー」。蕎麦が不味《まず》くなる。ぼくも、このときすでに蕎麦をすすっていた。さいしょは探り探りだった彼の発言が徐々に調子にのってきて、大雑把《おおざっぱ》になっていく。

「おまえさあ、どうせ、ほかのやつとも出勤前にこうやって飯食いに来てんだろ？」「うーん」。彼は笑いながら言うが、彼女はもはや無表情だ。着飾ったって、世間的にはそんなにたいしたことない顔かもしれない、彼女。

「研ナオコに似てない？」。彼は馬鹿にして言った。厚化粧の向こうはどんなだろう。なぜ、こんな奴に消費される？　「はあ、蕎麦なんか食っても足りねー。でも我慢しよう、きのう、肉食ったから」。彼は、彼女のぶんのお会計も済ませてから「おまえの腹、ふくれてない？　胃下垂？」と言った。

暑くなってきたら、貧血気味。

ある日の午前中。渋谷の某CD屋に立ち寄ったときのこと。見て回っていて、ヘッドホンを耳に当てたりして、試聴などしていると。そのときちょうど、視界にはいっていた白髪の。ご年配の男性が、突然。地面に倒れてしまった。頭部が、ぼくの足元に倒れこんでくるようなかたちで。たぶん試聴機の角にぶつけたのかもしれない、後頭部からだくだくと血を流している。鮮血とはこのこと。血がピンク色をしている。しかも白目剝いて、激しく痙攣。泡も吹いている。これはマジでヤバい。

午前中、渋谷、CD屋の風景。これが現実なのか。改めて、東京こえーなあ、すげーこえーよ。なんてことを、すこしスローモーション気味のアタマはかんがえてはみるものの。ぼくは慌てて、すぐにヘッドホンを外して、レジのなかにいる店員さんを呼びに行ったわけだが、店員さんはすべて、たぶんぼくなんかよりも若い、男の子みたいな彼らで。彼らはあたふたするだけで、まったく対応が悪い。倒れた男性に近づくわけでもなく、防災センター的なところに電話することで精一杯なかんじだ。これだから男の子は。いてもいなくても同じじゃねーか。呆れ果てて、倒れた男性のもとに戻ると、彼は意識を取り戻し地面に座り込んでいた。そして驚いたのは、ここからだ。

彼の周りに、外国人の女性が3人。3人もいて彼を囲んでいたのだ。未だ朦朧としている彼に、必死に英語で話しかけている。彼は絶対に英語、わかっていない。「いやー、おぼえてないんですよ。貧血でとおもいます」とか言って答えているつもりだろうが、伝わっていない。なにより、脳天あたりから漫画みたいにしてまだまだ血は流れ続けている。外国人の女性のなかのひとりはパニックみたいになって、オーマイガー、オーマイガーって嘆いている。なんなんだ、この状況は……しかしぼくも一応、日本人として、外国のみなさまに任せっぱなしはいけないとおもい、その異様な輪のなかにはいって「大丈夫ですか？」と声をかけてみる。ぜんぜん大丈夫そうじゃない。彼の後頭部を自分のハンカチで押さえて止血している外国人の女性。こんな状況下なのに、彼女がとてもきれいにおもえて愛おしくなってしまった。

花火なんていらない。

嫌な季節がやってきた、花火なんていらない、と1000回は言いたいけれど、言っても足りない。厳密に言えば、花火を憎んでいるのではない。花火という玉がどんだけ凝った玉か、みたいなことを解説している特別番組を観たことがあるし。じゃなくて、花火が行われる日、を憎んでいるのだ。

帰り道、さっきまで花火を観覧していたのであろう、非常に浮かれた集団に包囲されたことはないだろうか。そして電車に乗り遅れたり、諦めたり。乗れたとしても、すし詰めにされたり。誰もがあるに決まっている。花火のせいで、気分を害されたこと。そして誰もが皆、おもうことはひとつ。全員、消え失せろ。これに尽きる。いったいどれくらいの男女が、花火を観覧した、そのあとに。交わるのだろうか、と想像すると気持ち悪くなる。だって花火なんて、それ込みでしょ？　花火のあとのなにかに期待して、満ちた男女の顔。顔。吐き気がする。しかしどうして、ぼくがこんなにも花火が行われる日を毛嫌いし、それを通り越して、憎むのか。その理由ははっきりとありますよ、そりゃあ。

当時、どうしても気になる女子がいた。彼女はコンタクトレンズが眼球に合わないらしくて、よくレンズが外れる女子だった。そして、外れたレンズに唾液をつけて、眼球にすぐさま装着するのだった。「それ、眼によくないいんじゃない？」と、何度か注意してみたことはあったけれど、ほんとうはよく外れてくれてよかった。彼女の、その。レンズが外れて、装着する、その。動作一連が、とても。いつまでも眺めていられたから。眼球だけにとどまらず、彼女はたぶん、咀嚼《そしゃく》筋が弱かった。ものを噛むときに、精一杯な顔をする。それがＥＴに似ていて、うちの祖母もＥＴに似ているから、どこか懐かしくてそれもよかった。彼女の奥歯に、いつか触れてみたかった。そんな彼女が、だ。ある夜、花火の夜だった。浴衣を着ている彼女のとなりには色黒のオトコ。手を繋いで、歩いている。ふたりの顔は満ちていた。花火のあとのなにかを期待して。花火なんて……嫌いだあ！　コンタクトレンズも！　ＥＴも！　奥歯も！　ぜんぶ嫌いだあ！　今年も例の如く。花火は打ち上がる。

ワールドカップを観ながら。

ワールドカップを観ているのだが、サッカーのこと、あんまりよくわからないし、もちろんだけど、画面のなかはサッカーしている男子ばかりで、さらにもちろんだけど、審判も、ベンチもみんな男子ばかりだから、やっぱりワールドカップ観ながら、むしろ想うのは、女子のことだ。女子のことをかんがえるのが捗《はかど》るのがワールドカップの醍醐味かもしれない。申し訳ないんだけど、べつに勝っても敗れても、なんにもおもわない。だってなんにも知らないから。しかしどういうわけか、なんとなくテレビのまえに座っているんだから、ワールドカップってすごいなあ、ともおもうけれど。というわけで今回は、日本×ギリシャを観ながら女子のこと。かんがえていたことを箇条書きしてみようとおもう。

サッカー選手ってこんなに走るんだから、鼻毛が逞《たくま》しそう。／女子は鼻毛は抜くひとと切るひとに分かれるのかな。／サッカー選手って屋外で過ごしすぎて、腕の毛が金髪ってイメージあるよね。／女子は誰しもが腕毛を脱色したことあるのだろうか。／ぼくは脱色された腕毛がたまらなく好きだ。／バレリーナってほんとうにすね毛を脱色するの？／だとしたら、100時間は見つめていられるな。／眉毛のカタチを定めるときの妥協点と決定力について。／サッカー選手って眉毛のアドバイスは誰にされてるんだろう？／それもまさかザッケローニ？／サッカー選手って毛にこだわっているようで、じつはそんなこともなくて、基本的にルーズなのかも、結局のところ。／剃るか、伸ばすかでしょ。つまるところ。／女子はサッカー選手の何に惹かれるのだろうか。毛？／そういや、サッカー部としか付き合わない女子っていたよな。／あの子はサッカー部のやつらの何に惹かれてたのだろうか。毛？／あの子はたしか、高校のときはサッカー部狂いだったけど、小学校のときはただのリコーダーの名人だった。／リコーダー上手だと、サッカー選手に抱かれる女子になるわけ？／サッカー部にしか興味ない女子はぼくのことなんて鼻くそくらいにしかおもわないんだろうな。／サッカー選手にしか興味ないみたいな女子に罵られたい。

以上。ギリシャ戦は同点でしたね。

居酒屋女子にくびったけ。

ぼくは未だに、キャバレークラブなどガールズバーなど、またはスナックとか、そういう。女子が接客してくれるようなお店にはいったことがないし、未体験なのにあれだけど、あんまり魅力みたいなのがわかっていない。お酒をお酌されるのもとても苦手だし、知らないひとと上手く喋ることができないし、単純に怖い。もしかしたら、一生、行かないかもしれないとおもうくらいだ。しかしついこないだ、磯丸水産という居酒屋にはいったとき。はじめて、なんていうか、店員さん（アルバイトだとおもう）が、なんて愛らしいんだとおもってしまった。このことはぼくのなかで、とてつもない事件であった。

磯丸水産の店員さんの女子は、もちろん、お酌なんてしてくれるわけもないし。お喋りの相手をしてくれるわけもない。じゃあなにを一体、してくれるのかというと。貝を上手い具合に焼いてくれるだけ、なのだが。それがとても、グッときた。貝を焼いてくれるだけ。このひとつの特殊能力が、ここまで男子のぼくを魅了するなんて。感動した。そして、ぼくが行った磯丸水産が偶然、そうなのかもしれないが、店員さんの女子たちが、みんな田舎のヤンキーみたいなかんじで、金髪にカラコンの方々が9割を占めていたのだ。駐車場がやけに広いコンビニに売っているキティちゃんのサンダルが似合いそうな女子で溢れていた。以前、ほかで、カラコンはどうかとおもう。みたいな。自然体がいいよね。みたいな。誰でも書けちゃうようなありきたりな、藤田、てめーが書いてもなんにも面白くねーよ、ってことを安易に書いてしまった気がするが、あれは訂正したい。ごめんなさい。後悔している。カラコン、最高ですわ。カラコンに金髪、そして貝を焼く。この3点セット。無敵ですわ。汗ばみながら、貝を焼く。カラコンがいまにも落ちてしまいそう。もし、そのカラコンが落ちたならば、それをぼくは拾って、ぼくの眼球に装着したい。それくらい、愛らしい。ぼくが焼けたサザエに醤油を垂らそうとすると「え、もうわたしがさっき、お醤油垂らしといたんですけど」と言われ、「わたしが言ったとおりにしてください」と言われた。え、すげー統率力。まさか、そういう店なのか。磯丸水産は。

梅雨明けして、塩素の匂い。

梅雨が明けまして、女子のうなじあたりから撒き散らされる香りを嗅ぎたくなる季節に突入。その香りの正体は、シャンプーでもトリートメントでもなく。もちろん、コロンでもなくていい。加工されたものではなくて、その女子そのものから吐き出されるようなそれであってほしい。

市民プールの帰り道、あの子はぼくの前を自転車を漕いで走らせていた。彼女は塩素と汗を混じらせた匂いを放っていた。サドルがちょうど股間にあたっていたし、彼女の匂いと相俟《あいま》って。ぼくは勃起していたとおもう。小学生のころだった。ビート板の端っこには誰かが噛んだのであろう、噛み跡と。きっとこのプールのなかで、誰か。おしっこしてんだろうなあ。なんてかんがえると、潜りたくなかった。でもたとえば、それが彼女のおしっこならば、ぼくは喜んで潜水するだろう。このプールが彼女のおしっこで埋め尽くされて、タプタプになったならば、ぼくはそんなプールに潜って、珍しいサメでも探したい。寝るまえに、そんな妄想をしながら。どうしようもなく勃起してしまう、股間をシーツに擦りつけていた。

彼女はクラスにいる女子みたいに、コロンとか、制汗剤みたいな匂いはさせずに。その季節の匂いを纏っていた。夏は色黒で、冬は色白だった。口の周りは、粉っぽかった。朝は、目頭に目ヤニが溜まっていた。ツインテールは、うしろから見るとシンメトリーじゃなかった。ランドセルはお姉さんのお下がりなのだろう、ひと昔まえのキャラクターのシールが貼ってある。かすかすになった、くるぶし。Tシャツの隙間からみえる、ふくらみたての乳房。ブラジャーはまだ買ってもらえてないのだろう。梅雨が明けまして、人混みのなか。彼女を探す。小学生の彼女を。匂いを嗅ぎ分けて、あの塩素と汗が混じった匂いを。探す、探す。サドルがあたっても、ああいう風には勃起しない。ここには市民プールはない。ジム帰りのOL、塩素の匂いしない。入念にシャワーでも浴びてるんだろう。日焼け止めの、あの匂いばかりが香ってくる。

梅雨が明けまして、彼女探して。町をフラフラしている。

足元になつかしいキャラクターのキーホルダーが落ちていた。

爪のなかから香るもの。

稽古中に爪を噛むのがクセで、いつもぼくの机のうえには、ぼくの爪たちが整頓されて並んでいて、女優さんたちはそんなぼくの机が気持ち悪いようで、ぼくのことをまるで、路上に吐き捨てられた痰《たん》を見るみたいなかんじで見てくるのだが。その女優さんたちの視線がほしくて、爪を噛んでるのもある。

「ぼくは比較的、きびしい演出家だから、稽古中はとことん毒舌で、女優さんたちを罵倒するけれど、でもほんとうは踏まれたいくらいのかんじなんです。ぼくは爪を噛みますが、ほんとうに噛みたいのは、ぼくの爪ではなくて。女優さんたち、みなさんの、ひとりひとりの爪を、ほんとうは噛みたいのです。ぼくを爪切りくらいにおもってほしい。あなたたちは、ぼくを、吐き捨てられた痰のように見ますが、ぼくはあなたたちの痰を掬《すく》いとって、飲み込むことができるでしょう。いや、飲み込むことができる、じゃなくて、飲み込みたいです。それくらい、みなさんの隅々を知りたいし、味わいたいです。口にしたいです。でもできないのでしょうね、やっぱりぼくたちは他人だから」

と、こころのなかでいくら切実になっても届かないのが、演出家と女優の距離でもあって、それがまたいいんだけれど。すべてさらけ出せる関係なんて、なんにも楽しくない。ぼくらのあいだには、途方もないくらい深すぎる溝があったほうが、むしろいい。だから間違っても、ぼくが噛んだ爪なんて片づけてほしくなかった。なかったのに、こないだ、ぼくの目を盗んで。机のうえのぼくの爪を片づけてしまった女優さんがいたのだ。まさか……ぼくの爪を君は触ったわけなのかい……？「はい、捨てました」……捨てましたじゃなくて、触ったのかい……？「はい、触りました、そして、捨てました」……それに触れるということが、どういうことなのか……わかってないなあ……それに触れてしまうと、君とぼくは……「だって、気持ちが悪かったんだもん、爪」……いや、だけれどさあ……「トイレに持っていって、金魚に餌をやるように、パラパラして、流しました」……パラパラして……流しただと……！

はあ……なのなら、その金魚になってパクパクしたい……。

女子が日々、こしらえるもの。

毎朝のように、こしらえたお弁当の写真をインスタグラムなどにあげている女子を、最近よく、頻繁に目にする。

ご飯や御菜《おさい》をきれいに配置して、そのお弁当の中身のひとつひとつに、炊き込みご飯は「こないだ食べて感動したのを真似てみたー」、煮物は「なんか今日のは固めだったかもー」、お魚の切り身は「旬の季節ではないけれどー」とか、事細かにキャプションされてある。その言葉に、ハッシュタグもついている。

もちろんそのお弁当は本人が食べるものではない、その女子のパートナーの男子がお昼に食べるのであろう、自分じゃない誰かのためにつくったものだ。そのパートナーの男子がその写真に、たまにコメントをする。「きょうも美味しくいただきました」「こないだはでも、○○を残したじゃーん」「あれはでも、時間がなかったんだよー、ごめん……」「はいはい」「いつもありがとう」……い……家でやってくれ……！

早く帰って、直接伝えてくれ……！　このやりとりを見て、どう反応すればいいのか……！

　と、まあ、こんな光景を最近は頻繁に目にするのだけれど、ここで考えてしまうのは、お弁当の写真をあげてしまう女子は、なぜ、お弁当の写真をあげてしまうのか。ということなのだ。しかも誰が見ているのかわからないところに、何故。もしかしたら、そのパートナーの男子に密かに想いを寄せている女子が見ているかもしれない。さらに妄想を膨らますなら、その男子が以前付き合っていた女子も、その毎朝のお弁当の写真を見ているかもしれない。わたしはわたしがつくったこれを、彼にきょうも食べさせます。そして彼は、わたしがつくったこれをある程度喜んで、毎日食べてくれています。彼の周辺にいる女子、および、彼と今まで関係したことがある女子たちに告ぐ。あなたたちはわたしくらい、彼になにかを与えて、悦ばすことができますか？　と、示して牽制しているようにも見えてしまうのだ。男子になにかを食べさせたいのは、何故？　それは単純に、食べさせなきゃ、ってだけではない気がする。ぼくは母親にしかお弁当をつくってもらったことがない。母親もぼく周辺の女子を牽制《けんせい》していたのだろうか。だとしたら母親だけでいい、ぼくにお弁当をつくるのは。

中央線の女子。

風邪っぽいひとが増えてきた。いたるところから鼻をすする音がきこえる。そんななか、いまは中央線に乗っている。朝の七時。いがぐり頭の中学生たちが大騒ぎしながらテスト勉強をしている。時折、下ネタを言ったりしながら、でも電流回路の勉強らしい。荻窪で乗ってきた女子を指差して笑っている。女子は恥ずかしそうにしているが、嫌がってはいない。嫌がってはいないことを男子もわかっているらしく、ほがらかに茶化しあっている。男子も女子も、まんざらでもないんだろうけど、けれど異性には十分注意しなさいよ。と一応、人生の先輩として心中、おもうのだけれど。でもぼくってそういや、ああやって女子を指差して笑ったりとかできたことないし、あんなかんじの可愛らしい反撃もされたことない。いわゆる、ちちくりあう、みたいなことってしたことないから先輩とかじゃないよな。と半生を思い返してみたら、途端にいがぐり頭のこいつらがムカついてきた。傷つけ。傷つき果てた末に、荒野に棄《す》てられろ。彼らはたぶんみんな同じ学校なのだろう、国分寺で降りていった。

車内は年齢層をグッと上げて。リクルートスーツを着た女子が貧血気味っぽくて、フラフラしている。その前に座ってるおっさんはそれに気づくことなく、タブレット端末でグラビアアイドルみたいなのが水着姿でジュースみたいなの片手ににっこり笑ってこっちを見ているようなしょうもないニュースを読んでいる。うーん……、ともいつつも、ぼくもぼくでそれを見て見ぬふりをする。

となりで吊り革を摑んでいるのは、ぼくよりもたぶんすこし年上くらいの眼鏡をかけた女子。彼女はイヤホンをしていて、かすかに口を動かしている。英語の本を持って、その一行一行を目で追いながら口を動かしているから、勉強をしているのだとおもう。文字を左から右へ追って、改行されるときに、サッと機械みたいに眼球がまた左にもどる。眼鏡越しに見ることができる、その彼女の、きょうという日のテンポが愛おしくてたまらない。かすかに動くその口に、人差し指を入れて止めてみたい。そして歯の裏側を丁寧に触ってみたい。

そんなことをかんがえていたらいつの間にか立川だ。

風邪をひく、というイベント。

はじめての女子と対面したときにまずなにを想像するかというと、その女子が風邪をひいたらどういうかんじになるか、ということだ。これはいつからか習慣になっている。だからぼくに会ったことがある女子はみんなかならず一度は、ぼくの頭のなかで風邪をひいている。それは風邪をひいて、ぼくが看病をするのを想像をするのではない。甘えられるのは嫌いだし、そういう意味での興奮ではない。想像のなかに、ぼくはいない。いてはダメだ。風邪をひいた女子に直接、なにかをしたいわけでもない。具合が悪かったり、酔った女子になにかするとか、ほんとうに最低だ。そうではない。

風邪をひいて、その女子がひとりで。あくまで、ひとりで参っているのを想像するのである。風邪をひく、というイベントで盛り上がる気持ちを抑えきれない女子もいるだろうし、イベント中、粛々と過ごしている女子もいるだろう。過ごしかたは、ほんとうにひとそれぞれだとおもう。枕元にポカリスエットだの経口補水液を置いて、額には冷えピタを貼り、冷えピタをついにはふくらはぎにも貼り、だけど末端は冷えたくないから、百均で買った毛糸の靴下。風邪をひくと悪夢を見てしまって歯ぎしりが酷くなり、アゴが痛くなるからマウスピースを装着。鼻にはマラソン選手も愛用の、鼻腔をひらく絆創膏。かならず節々が痛くなるから、バレーボール部だったころにつかっていた肘当て、膝当て、押し入れから引っ張り出しておこう。ティッシュは保湿されていて、優しいやつがいい。トイレットペーパーもここぞというときのやつを買いましたよ。体温計はなるたけ細かく計れるやつにしたいけど、ちょっと高いから、今回はこれでいっか。お粥は胡麻油をいれてグツグツしたのがいい。リンゴはすりたい、すりたいけど、でもすってる最中、視界がぼやけてしまったら、指まですっちゃいそうでこわい。などなど。

いまぼくの目の前にいる女子はどうやって対処するのだろう。どこまでやって、どこをやらないのだろう。かならず想像はするのだけれど、やはりその女子にならなきゃわからないのである。たとえそばにいたとしても、自分のことのように女子を知ることができない。

ＯＬ化する、ぼく。いや、おれ。

公演がちかくなると、そりゃあ機嫌も体調も悪くなるし、演劇なんてお金稼げないし、ボロクソになるだけだから、はやいとこ見切りをつけてやめておけばよかった。こないだからだがだるすぎて、ついに着圧ソックスのスリムウォーク就寝用を買ってしまった。レディースだが、サイズはＭ～Ｌで大抵の男子もいける。うすい紫色をしていて、しかもロングサイズだから太ももまで穿けてしまって、ニーハイソックスを穿いてしまったかんじ。生地もとてもうすくて、すね毛がところどころ飛び出ている。見つめてしまうと、気味が悪いけれど、いまぼくは疲れているんだ。とにかくこれを穿いて寝よう。しかし寝つきが悪い。公演がちかくなるといつもそうだ。アタマがぐるぐるして、そう簡単に眠れない。あ、あれしよう。小豆がはいってるアイマスクしよう。40秒あたためるところを50秒あたためよう。そうだそうだ、こないだの『アンアン』に載っていた頭痛対策用の頭痛バスターってやつが届いてたんだ。そうか、ここの部分を頭と首が繋がっているここに当ててリラックスするのねー。なるほど、頭痛が和らぎそうー。小豆のアイマスクして、頭痛バスターして、スリムウォーク穿いて、これで装備は完璧。さあ、寝よう。小豆、熱いなあ。気持ちいいなあ。蒸気でアイマスクよりも重くて、好きだなあ。ただちょっと電子レンジのなかの匂いがしてくるなあ。頭痛バスターって、うーん。これは気持ちいい。アメリカで流行っただけあるわあ。アメリカってすげーんだろうなあ。行ったことないなあ。え、アメリカで流行ってんだよね？　アメリカなら安心だよね？　スリムウォークってのは、よくできてるなあ。足首もふくらはぎも太ももも、それぞれ締めつけかたが計算されていて、本当に開発チームのみなさん、おつかれさまです。

しばらくして。頭痛バスターは10分程度で良いらしく、後頭部が痺《しび》れてきた。そしておもったのだった。「え、これって本当にぼく？　いや、おれ、おれなのかなあ……」。一気にフル装備の自分の姿を俯瞰してしまって、ついに虚しくなってしまった。これじゃあまるでOLみたいじゃねーか！　ハッと起き上がり、ぼくがぼくか。おれがおれか。入念にたしかめた、夜だった。

冬がながい、肉を焼く。

最強の寒波がどうの、とか。春の陽気ですよ、とか。いろんなことを言われるけれど。しかし、最強さも陽気さも、あんまり感じない。ちょうどよい服装が結局わからないまま、また季節はすぎていきそうだ。

自分のなかの季節感を見出せずにいる。シャツなんかは夏でもなんでも一年中着ているし。冬だから食べるものなんて、やっぱりない。これといって、鍋が食べたいとかもない。鍋なんて、夏でも食べたい。冷たい素麺も、冬でも食べたい。しかしひとによるだろう。夏に鍋、冬に素麺なんて地獄だとおもうひとは、いるだろう。それでいうと、焼肉ってすごいとおもうのだ。焼肉に季節感はない気がしている。肉を焼く欲求ってあんまり一年中、ぶれることがないのではないか？　外でのバーベキューやら、夏に飲む生ビールとかそういうのは、まあなんとなくわかるけど。でも肉を焼く、って行為。それ自体には季節感はないような気がする。尽きることない、焼肉欲。

というわけで、ついこないだも行ってきた。よく行く焼肉店。いくつか、よく行くところがあるのだけれど。そこはとにかく店員さんが無愛想だ。そういうのが気にならないぼくも気になるくらい無愛想だ。キッチンには男子がいるだろうが、ホールはみんな女子で。日本語があんまり通じない、たぶんみんな国籍は日本じゃない。言葉が通じないうえに、それとは別に無愛想だ。ホルモンがとても美味しい店なのだが、ぼくがここに通う理由はホルモンだけじゃない。ぼくはカチンとくるくらいの無愛想な女子にどうやらグッとくるらしいのだ。

肉だけじゃなくてトングも持ってきて？（トング、無しなら無しで頑張ります！）皿をテーブルに放り投げるスタイルやめて？（皿がテーブルにぶつかる音、じつは好き！）注文を繰り返すの早口すぎるよ？（早口すぎる口元のクシャっとしたのが好き！）その舌打ちっぽいのやめて？（舌打ちなんていくらでもされたい！）ミノにだけ、なんでいつもそんなに嫌そうなの？（ミノにだけ、そこまで過剰になにかをおもうことがあるなんて、とても詩的！）こういう風にして無愛想な女子は、ぼくを葛藤させるからたまらない。もっとカチンとさせてくれ！

ロウリュウして、ブワッと。

ロウリュウってものを、初めて経験した。ロウリュウとはフィンランドのサウナらしい。丸い部屋の中央に置かれた熱された石に、アロマ入りの水をかけて。水蒸気をたちのぼらせて、担当のお兄さんがバスタオルみたいなのを振り回す。それによって、部屋の全体に熱風がブワッと回るのだ。体内の温度も急上昇したみたいになって、汗は噴き出す。

はじめに、お兄さんが注意事項や段取りなどを述べる。ロウリュウは専用の甚平みたいな作務衣《さむえ》みたいなのを渡されて着衣でのぞむから、つまり男子も女子も関係なく、丸くて狭い部屋に集《つど》って、アロマ入りの熱風を待っている。ぼくと、あとひとり。頭が禿げ上がり、かなり体格のよい男性以外は、みんな。いわゆる、カップルで来ていて。お兄さんがいろいろ、諸注意を述べている最中もワイワイしていて、正直うざったい。

「では、始めていきたいとおもいます」と告げられ、熱された石に水がかけられる。たちのぼる水蒸気。振り回されるバスタオル。かなり熱く感じるから、途中で出ていくひともいる。禿げ上がった男性は、頭を真っ赤にして耐えている。タオルを被って、熱風を防いでいるひともいる。ぼくはこういう非常時には、ある程度受け入れるしかないとおもえるタイプだから、目をつむり、無心になって耐えていた。およそ12分間くらいつづけられる熱風が、徐々に気持ち良くなってきたときに、薄目を開けてみた。カップルだらけだったはずのこの部屋のなかに、女子がちょこんとひとりで座って耐えているのが見えた。もしかしたらいっしょにいた彼氏が先に出ていってしまったのかもしれない。必死に耐えている。髪の毛はうしろで束ねているけれど、生え際から汗が噴き出ている。言うまでもなく、女子の汗は最高に美しいわけだけれど、それ以上に必死に耐えている。真ん中でバスタオルを振り回すお兄さんを睨みつけているみたいにして、凝視している。充血した眼が、またいい。汗が噴き出しているこの状況なんかどうでもよくなってしまって。完全に彼女に目を奪われた。そして思い出す。いつだったか、ぼくを睨みつけた涙目の。あの子の真剣な眼のことを。

女性と男性の、嗅覚的な差異について。

たとえば、男性の体臭について。こうやって気温が上昇してきて、みどり深まる季節では、ぼくでも。いろんなシーンで、匂うな、こりゃあ。ってことで、電車のなか。座席を移動したりや。どこかのお店で。買おうとしていたものをやめたりや。そういうことするくらいだから。女性のみなさんなら、なおさらなんじゃないの。なんておもうのだけれど、どうですかね。かといって、とりわけ、べつに、ここで。ぼくってば、匂いに敏感なんだよね、と。言いたいわけでは、もちろんなくて。そして、ぼくは。日々、自分から放たれる匂いに。気を遣っていますよ、なんてことは。言うべきではない。というのは、きっと。ぼくも、男性として。男性くささを放っている。まぎれもない、男性だからであって。そういう生まれ持ってしまった、性別に。抗おうと、したこともないまま。ここまできた。だから、一応。電車のなかで。どこかのお店で。そういった匂いを嗅いでしまっても。その匂いを放っているのであろう、おっさん。と、世では呼ばれていそうな男性たちを。ぼくは、いままで。許容してきた。同性として。で、なぜ。こういうことを。いま、特筆すべきだと感じているかというと。こないだ、とうとう。自分の匂いで、起床したからだ。あの匂いで。いままで、どこかで。自分はだいじょうぶ。なんておもっていたのだろう。不意を突かれた。自分も、あの匂いになっていたのだ。自分が臭くて、起きた。その衝撃は。経験したことがあるひとがいるとしたら、わかってくれますかね。どうですかね。で、で、ここからなんだけど。そのとき。ぼくのとなりで寝ていた女性がいた。その女性は、ぼくにこう言ったのだ。

「なんか、なんだろう、この匂い。なんか、懐かしいような。そういう。えっと、いい匂いかも」

ぼくが、臭いと。異臭だとおもっていた、この匂いについて。ぼくが、なりたくなかった、この匂いについて。彼女は、こう言った。ぼくは、自分の匂いで起きてしまった事実に。面喰らってしまっていたから。なんか、なんとも。いきなりは、アタマが働かなかったんだけれど。でも、すこし時間が経ったときに、すうっと。この彼女の発言について、理解できた。ような気がした。いや、男性の、こういう匂いが。女性にとっては、だなんてことを。べつに、一概に言っているわけではないんだけれど。

でも、そういや、ぼくは。生理のときの、女性のからだが好きで。なぜ、好きかというと。生理時、女性の首元や、脇の下。いわゆる、リンパが流れている、さまざまな箇所から。いつもとはちがう、倦怠な匂いが、漂う。あれに、ぼくは。いい具合に、酔ってしまうタイプなのだ。じゃあ、彼女は自分から漂う、あの匂いのことを。どうおもっているのか。もしかしたら、ぼくがなりたくなかった、毛嫌いしている匂いと、同様に。彼女も、彼女の匂いに。ほとほと、飽き飽きしているかもしれない。その嗅覚が、感覚が。男性と女性で、一致するのか。どうか。いや、一致しなくてもいいんだけれど。ぼくは、彼女に。聞いてみた。自分の匂いで、起床して。そのショックに打ちひしがれながら。その流れで、ふたりで。風呂にはいっていたときに、だった。バスタブには青色の入浴剤がはいっていたから。青色から彼女の脚が、にょきっと、でている。自分の、たとえば、生理のときの、体臭。匂いって。どうなの。耐えられるの。

「匂いっていうか。うーん、と。蒸れるからね、とにかく。蒸れて、気持ちが悪いの、とにかく」

ぼくは、なんにもわかっていなかったような気がしたのだ。やはり、女性に対して。ぼくという人間は。ある、つよい妄想をふくめて。わかった気になっている。もちろん、一致するはずなんてなかった。ぼくは、男性で。彼女は、女性で。あきらかに、現実がちがったのだ。声変わりがはじまって、ひたすら。ひくくなっていく声に。絶望していた、あのころ。女子には、わかるまい。とおもっていた。それは、同時に。男子には、わかるまい。いくつもの、女子の現実に。目を背ける、発想。だったのかもしれない。彼女の、青色からにょきっと、でている脚を。ぼくは舐めてみた。しょっぱかった。これは入浴剤が、なんちゃらソルトで出来ているから、ではなく。彼女の脚が、しょっぱい。ということに相違ない。他人の味がする。いくら、嗅いでも。舐めても。ぼくは、男性で。彼女は、女性で。ちがうことだらけだ。いや、なにもかもが。ちがうのかもしれない。でも、ちがうから。同じじゃないから。知りたいと、おもう。きっと、そういうことなんだろうと、おもう。彼女の脚のラインが、あの懐かしい。田舎道に見えてきた。田んぼのあぜ道を、ずっと行くと。丘が見える。あの地平が、見えた気がした。

＊＊＊

なんか、なんだろう、この匂い。

いままで。彼女とぼくは。おんなじ匂いを嗅いでいたのだろうか。
なんか、懐かしいような。そういう。
懐かしい、って感覚だって。きっとまるで、ちがうのだろう。
えっと、いい匂いかも。
ぼくたちは、わかりあえないまま。これからも、おんなじ世界で生きる。

これを読んでいるおんなのこは、どういう表情でぼくの文章を読んでくれているのだろうと、想像してはニヤニヤしています。ぼくの文章を読んだ女子はどうやって老いていくのだろう。できればみなさんのことを、こまかく知りたいけれど、叶わないのだろう。どういうペースで髪切ってるの？　どういう風に耳掃除しているの？　どういう味の歯磨き粉？　どうやって泣くの？　怒るの？　悲しむの？　ぜんぶ知りたいけれど、でも、おんなのこはもりのなか。ぼくに隠れて、どこまでも逃げていく。ぼくはいつまでも追っていきたい。いつか捕まえたい。でも捕まえたって、すぐに逃がすよ。逃がして、また追っていくよ。あのころのおんなのこ。いま、目のまえにいるおんなのこ。いつか出会う、おんなのこ。

おんなのこは、もりのなか。

＊＊＊

歩くのがたいへんになった、おばあちゃん。膝が悪いから、一度歩きだすと、立ち止まるのがたいへん。あの姿。むかし、ぼくが小さいころは、ぼくの手を引いて。スーパーまで歩いていったことがあった。あの手。手の甲がテカテカしているのは変わらない。おんなのこは、ずっとたぶんおんなのこ。ひとってどうやら、そんなにずっと変わらない。良くも悪くも、ずっと。からだもこころも。それをやっぱりぼくは男子だから、女子のそういうわからないところ、わからないまま、また。もりのなかを彷徨う。彷徨う。たまに、へんな草になって、おんなのこはぼくに巻きついてくるし、たいへん。窒息するくらいうれしい。毒にしびれる。たまにすごい臭い汁を、ぶっかけてきたりもする。イラつくけど、それもぜんぶ含めて、可愛くて参る。

ぼくの鼻毛、あのこに届くくらい、伸ばそう。伸びたら嗅げる。あのこを嗅げる。嗅ぎ尽くしても、まだ嗅げる。

＊＊＊

この文章たちを書いていたほとんどの時間は、ぼくがまだ20代のころだった。この本が出るころ、ぼくは32歳になっている。読み返してみると、数年前の時間がそのまま刻まれているような気がして、とても恥ずかしかった。でもきっと正直なじぶんがそのままのかたちで映っているのだろうし、現在のぼくには書くことができないことも書かれていて、笑ったし、すこしだけ泣けた。ぼくもそうだけれど、ここに描かれている、ぼくの周りのみんなも、またあのころよりも同じぶんだけ年を重ねたわけだ。あのころとは、すこしちがう。すこしちがう、ってことを重ねながら、時間はやっぱり未来へだけに向かっていく。

まだ、30代って時間がどういう時間なのか、よくわかっていない。でもいつか、現在のこの時間を、またこうして「おんなのこ」をとおして、書いてみたいとおもいます。「おんなのこ」に呪われている人生であることは間違いなさそうなので……。

ではではみなさん、さようなら。またどこかで。ありがとうございました。

藤田貴大

初出

涙に伴う、目やに。むくみ。

『anan』No.1939

べっくべっく言いやがるオンナは。

『CLEAR magazine』vol.1

Wye Oak と、妄想の北へ。

『CLEAR magazine』vol.2

マニックスは誰のものでもない。

『CLEAR magazine』vol.3

20 代の「いつか」について

『STUDIO VOICE』復刊第 1 号 (vol.406)

昼下がりの如雨露

『Bird』2014 年秋号 No.7

つきあっているのは、ひとりか、ふたりか、それ以上か。

『すばる』2013 年 11 月号

女性と男性の、嗅覚的な差異について。

『ecocolo』vol.65 Spring & Summer

上記エッセイ以外

『anan』連載「おんなのこはもりのなか」No.1879 ～ 1952

藤田貴大（ふじた・たかひろ）

1985年生まれ、北海道出身。桜美林大学文学部総合文化学科にて演劇を専攻、2007年に『スープも枯れた』でマームとジプシーを旗揚げ。11年に発表した三連作『かえりの合図、まってた食卓、そこ、きっと、しおふる世界。』で第56回岸田國士戯曲賞を受賞。13年『てんとてんを、むすぶせん。からなる、立体。そのなかに、つまっている、いくつもの。ことなった、世界。および、ひかりについて。』で初の海外公演。さまざまな分野のアーティストとの共作を意欲的に行うと同時に、中高生たちとのプロジェクトも積極的に行っている。主な演劇作品は『あ、ストレンジャー』『cocoon』『書を捨てよ町へ出よう』『小指の思い出』『ロミオとジュリエット』など。

おんなのこはもりのなか

2017年4月13日　第1刷発行

著　者　藤田貴大
発行者　石﨑 孟
発行所　株式会社マガジンハウス
東京都中央区銀座 3-13-10 〒 104-8003
書籍編集部　☎ 03-3545-7030
受注センター☎ 049-275-1811
イラストレーション　青葉市子
ブックデザイン　名久井直子
印刷・製本所　中央精版印刷株式会社

ISBN978-4-8387-2835-0 C0095